逃離

阿祖 著

目錄

巴巴萊恩島

　　在大西洋的腹地，有一座瓦箚彼多休眠活山。據說九百年前，山底沉睡著一隻千年巨型紅色章魚。突然有一天，它滑溜溜的腦袋悄悄地鑽出山口，頃刻間用剛剛甦醒的滾燙觸角吸噬了島上所有的生命。美迪島在大西洋的地圖上消失了。

　　幸運的是在這之後，大自然以其生生不息的力量又呈現了它的繁榮。更確切的說，因爲章魚摧毀力極強的觸角用盡了渾身氣數，在爬出火山不久身心力竭一命嗚呼，而它圓鼓鼓的身體之後便化成了灰燼。於是一座新的島嶼在火山旁邊形成，它的名字做巴巴萊恩。沒過多久，巴巴萊恩島就迎來了它無與倫比的時期。種植在這裡的南瓜需要用起重機才能抬起，地裡的西葫蘆長得比人還高，漂浮在海面上的龍涎香比恐龍蛋還大。如果說一隻普通蜜蜂釀造一公斤的蜂蜜需要用三千三百三十三個小時飛遍三千三百三十三朵花蕊，而巴巴萊恩島的蜜蜂只需要三分之一的時間。更不用說生長在這裡的花了，花蜜就像一條看不到盡頭的小溪源源不絕。

　　所有關於巴巴萊恩島的奇特記載，第一次出現在十六世紀一個來自布列塔尼公國的無名神父聖·皮埃爾前往英格蘭傳教

4

時書寫的遊記手稿裡。又過了幾十年，在烏鴉的引導下，一支迷途海上的探險隊恰巧落足這裡。島上的勃勃生機讓這些外來者不捨離去，於是他們決定舉家搬遷到島嶼。他們當中大部分人來自布列塔尼公國。在那個以馬車為交通工具的年代，巴巴萊恩島的傳奇一夜之間迅速傳遍了布列塔尼的所有村落，並且越傳越加離奇。當時正值法國宗教戰爭時期，亨利四世為了威脅抵抗至最後的神聖聯盟貴族布列塔尼總督，梅爾克爾將戰場轉移到了布列塔尼地區。在動盪不安中度日如年的村民對將到來戰爭怨聲載道，對未來更加充滿了不確定，他們之中的一些人決定結伴離開故土開啓新的生活。

　　佛朗斯瓦在巴巴萊恩島以捕魚為生。他的祖輩是布列塔尼公國的地道農民，也是在那一時期遷移到島嶼。在那之後有越來越多人搬來島上，種植業和手工業也隨之豐富起來，村民的增多也使巴巴萊恩島煥然一新。站在山頂俯瞰是一片片平整開闊的、鑲嵌著黃色、青色和紅色高腴的平原，一條條縱橫交錯的蜿蜒青色絲帶把農田分開伸向遠方。大家沿河而居，富庶的河流兩岸是用火山岩搭建被塗成各種顏色的石頭房屋。清風吹來，綠琥珀色的湖面上倒影婆娑、光怪陸離。沒過多久在村民居住的中心便出現了市集，牧羊人可以在這裡用一頭小羊羔換到五十公斤麵粉。緊接著村落逐漸形成，村民舉行了第一次全民公投，島嶼東南角前往陸地的海岸碼頭就是在那次選舉後建成的。時至今日，巴巴萊恩島成為了歐洲版圖上的一個島嶼國家。

當佛朗斯瓦還是五歲孩子的時候，他就被發現和其他同齡夥伴的不同天賦。那一年祖父帶他第一次去大海自由潛水，他回到水面時，手高舉著一條身型修長的銀色帶魚，要知道它生活在大約一百米深處的海底。也是在那個時刻，佛朗斯瓦發現了自己和大海之間奇妙的聯繫。可是在他的一場噩夢之後，沒有人想到巴巴萊恩島的神話會隨著一場瘟疫的到來突然間終結。

海神

　　清晨三點，船艙右側的磁鐵羅盤針顯示北緯 47°37'25.8.0"，西經 16° 30'17.4"。冰冷的海水敲打在船艙玻璃上，白綠色相間的船身在巨浪中搖擺，佛朗斯瓦雙手伸向艙內的木質把手穩住自己晃動的身體。大海不總是美輪美奐的。

　　在驚濤駭浪中航船，佛朗斯瓦喜歡這種在大自然極限中的挑戰。並不是因為喜歡冒險而想去征服自然，他深知出海捕魚要遵循大海的運動規律。大西洋中央空無一人，彷彿這裡就是世界的中心。轉念間，時間和空間不復存在。那種一切停滯的虛無和遁跡感讓他恍如隔世。這時，他腦後傳來一陣神祕的聲音：「你是誰？為什麼你會在這裡？你來這兒想幹什麼？」

　　四歲的時候父母遠去巴黎，把他寄養在祖父家。從那時起，佛朗斯瓦就再也沒有離開過巴巴萊恩島。深處人群他感到自己更加寂寞，他更願獨自一人，因為孤獨讓他更加靠近自己，那是一種自在的樂趣。

　　做了一夜的噩夢，佛朗斯瓦醒來時感到心跳猛然加速，耳邊嗡嗡作響。他深吸了口氣使自己平靜下來。今天是出海的最

後一天，沒有太多的時間了，他必須再次下網捕魚在天明前趕回碼頭，妻子維霍妮可在那裡等他一起去周日的市集。

長期在高鹽度的海風中捕魚，佛朗斯瓦深陷、布滿血絲的眼睛周圍是如溝壑般深邃的皺紋，面部和手部裸露的粗糙皮膚深紅裡透著黝黑，棕色的捲曲短髮被吹的東扭西歪。他俯身前傾，用有力而飽滿的雙手將漁網灑向海面。狹窄的甲板上白色塑膠魚桶和泡沫盒子被起伏的波濤撞的七顛八倒，船身發出吱吱呦呦的摩擦聲。剛才耳邊的轟鳴聲再次響起，噩夢裡的畫面清晰地閃現在佛朗斯瓦眼前。

鯨魚隨著綿延不絕的海浪從空中躍向海裡，佛朗斯瓦在水中和它們一起共舞。當他把手伸出，一群鯨魚向他游去。海水中出現一個靈動的晶瑩剔透的圓形水環，原來是一隻調皮的鯨魚用突起的圓滑嘴巴在它身後追逐。接著，它在水環中心輕輕的戳了一下，這時一個新的水環出現了，而先前那個被戳破的水環剎那間變成了圓鼓鼓的水泡飄向深海的另一邊。一切看上去如此美好。遠處漸漸傳來一陣轟隆聲，噪音越來越響。鯨魚們變得侷促不安，四處亂撞中伴著驚恐的尖叫聲。它們嘗試離開，但是無路可逃。一個黑色陰影籠罩的龐然大物出現在湛藍色的海水中，高速旋轉的槳葉離鯨魚越來越近。佛朗斯瓦迅速游向水面，被眼前的一幕所震驚。巨型遊輪將他們包圍。船艙上飛落下如螞蟻般的黑色物體漂浮在海面。他正要游到跟前看個究竟，不料自己的頭頂被這黑色的物體砸中。深褐色內彎的

錐形嘴巴，橄欖綠色的腦袋，栗褐色的翕。「這不是圃鵐的頭嗎！」佛朗斯瓦吃驚地想。那些在遊輪上的遊客各個像極了幽靈，用白色的餐布包裹著頭部，正在甲板的桌邊享用烹製的圃鵐。加上他們咀嚼骨頭發出貪婪的嘎吱聲和怪獸沒有什麼兩樣，而此刻身邊清澈的海水正由藍色漸漸地變成了鮮紅色。突然，高速轉動的漩渦沖出一股翻騰的海浪，浪花的頂端是滿面怒色、半身赤裸、腰身魁梧的大力士。他坐在銅蹄金鬃白馬駕駛的戰車上用力揮動手中的三叉戟，瞬間海嘯席捲大地，眼前的遊輪被撕成碎片捲入空中。可令人驚奇的是在海嘯退去之後，佛朗斯瓦和鯨魚卻安然無恙，而這位大力士不是別人，正是海神波賽頓，他變成了一隻鯨魚縱身一跳躍入海中。

從十三歲開始捕魚，佛朗斯瓦在海上已度過第三十五個年頭。他之前出海時做過噩夢，但是從來沒有這個夢讓他感到過不安。迎著大西洋暖流的北上，每年數以萬計的鯨魚會來到巴巴萊恩島。這時，海島的周圍會出現一道壯觀的跳躍的黑色天際線，那是密密麻麻的鯨魚。鯨魚的到來意味著漁民出海旺季的開始。漁民會把捕來的一部分魚蝦留給它們，用來感恩被他們視為吉祥物的鯨魚。在越來越多的鯨魚到來之後，島嶼的形狀也神奇般的演化成鯨魚的模樣。而巴巴萊恩這個來源於《聖經·舊約·創世紀》中《巴別塔》的名字就是意指通向天空的過道，前往鯨魚的天堂。但是，隨著碼頭向陸地的遊客開放，巴巴萊恩島在一點點的發生變化。最近幾次出海歸來，佛朗斯瓦在海崖的灰色暗礁處看到海面漂浮的大片紅色血塊。每當太

9

陽再次升起，他想再回去尋找那片嫣紅的蛛絲馬跡時，海水早已把它沖洗的一乾二淨。他記得在幾個月前，在那片暗礁處不遠的海岸發現了一條抹香鯨的屍體。屍體的尾部積滿了淤血。人們從它的胃裡拿出一個斷裂的深綠色尼龍漁網和一些殘碎的塑膠條和袋子，還在它的腸子裡找到一塊兩百五十八公斤重的龍涎香。它是用來製作珍貴香料和藥品的稀缺天然原料。他不確定它們之間是否有必然的聯繫，但是這種怪異事情的發生讓他寢食難安。

再過幾日便是圍鴉節了。要知道在這裡圍鴉並不是餐桌上的禁食。雖然之前島民也吃圍鴉，但從來沒有像今天作為饕餮美食這樣風靡。待到每年天暖回春的時候，它們會把巴巴萊恩島作為中轉站然後繼續向北飛行。圍鴉節的舉辦吸引了眾多遊客，大家美其名曰觀鳥實則為了一飽口福。

如雄獅怒吼般的海浪衝撞在巴巴萊恩島西南端的皮埃爾神父燈塔上，接著隨之騰空而起在紅色的塔頂處卷起一朵碩大的雪白浪花。佛朗斯瓦的船離燈塔越來越近，看到了燈塔就離巴巴萊恩島不遠了。每次看到它，佛朗斯瓦就會想到自己的祖父，出海前他都會向著燈塔的方向祈禱。這座修建於 1875 年的燈塔是用來紀念一位已逝叫做皮埃爾的神父。很久以前，巴巴萊恩島的漁民有在每次捕魚前去教堂同皮埃爾神父祈禱的習慣，竟也因此躲過了幾次海上的劫難。村民甚是感恩，於是修建了這座燈塔來紀念他。不過到後來，出海禱告的傳統逐漸消失了。

大海逐漸平息了下來，停歇在碼頭的漁船隨著海風跳起了溫柔的華爾滋。佛朗斯瓦的漁船靠岸了。路的盡頭出現一個矮小憨圓的身影，穿著藍色的雨靴和黃色的漆布大衣，雙臂伸出向海邊招手，那是佛朗斯瓦的妻子。已經有兩天沒有他的消息了，維霍妮可顯得有些擔心。

「昨晚我們這裡有暴風雨。」
「我的天，太可怕了！」
「天空到處是閃電。你看到了嗎？」
「沒有，我什麼都沒有看見。」
「我有點擔心，還好你沒事。」

佛朗斯瓦給維霍妮可講昨晚的噩夢。她並沒有很在意，反倒覺得那是疲勞和壓力所致，等他從市集回來好好睡一覺也就好了。

沙灘上積滿了大海漸漸退去後留下的海藻，即使是岸邊的柏油車道也鋪上一層厚實渾濁的青黑色。這對於他們的工作來說實在糟透了，他們必須得深一腳淺一腳地緩慢前行，還得凝神注意手裡的魚框。好不容易到了卡車旁邊，維霍妮可迅疾地打開後門，佛朗斯瓦把備好的魚遞給早已跳上卡車的妻子。

在維霍妮可和佛朗斯瓦結婚後，她就賣掉了自己的酒吧。

六年的婚姻他們沒有孩子，家中有一隻貓和一條狗。起初村民並不看好他們的結合，先別說年齡上有十七歲的差距，就連兩人的性格也迥然不同。大家總是議論紛紛，企盼兩人分別之日將會引起他們平淡無奇生活中的一點漣漪。對於佛朗斯瓦，維霍妮可是他生活裡的色彩，且不用言語她就知道自己的想法。就如每次出海歸來，他總會在卡車駕駛座位旁邊找到一杯熱騰騰的咖啡。之於維霍妮可，佛朗斯瓦不會嫌她囉哩囉嗦，反倒喜歡聽她講話，而自己則被他的沉靜和羞澀所深深吸引。

當初想看熱鬧的人沒有想到，維霍妮可把經營了大半生的酒吧就這麼轉讓了，並和佛朗斯瓦結婚一起安穩的經營起魚攤來。時間讓大家轉移了注意力，隨後又開始尋找其他酒足飯飽後的閒聊話題。尤其到了農閒季節，大家在酒吧裡一坐就是一天，這種無中生有的能力給他們增添了不少樂趣。

「今天的太陽可真好。這陽光讓人渾身發熱，我們也越來越年輕啊！」一個滿臉黑色鬍鬚，身材碩大，左臂印有青藍色船舵紋身的男子，故意把「發熱」兩個字的音調提高，他和其他中年男人正圍坐在圍鴉酒吧前的合歡樹下喝啤酒。大家把目光聚集在迎面而來的佛朗斯瓦夫婦身上。

佛朗斯瓦感到一陣灼熱湧向頭部，臉頰比正午的太陽還要紅。維霍妮可無奈的裂嘴笑著並打趣的說：「可不是呢，陽光如此的好，老牛也喜歡吃嫩草！」

12

對面瞬間傳來一陣哄笑聲。

這時酒吧的老闆手中舉著圓形黑色托盤走過來，一邊把盛滿野菌艾爾煙熏啤酒的杯子放在印有紋身的男子面前，一邊開玩笑的說：「你要是再胡來，我就把這杯酒收回了！」只見男子把酒杯迅速拿起，大口的咕嘟喝起來，然後挑釁地把空酒杯舉在菲利普面前。菲利普朝他搖頭，「按你這個喝法，這酒眞是可惜了！」。

佛朗斯瓦朝菲利普笑笑並點頭，他和維霍妮可也是酒吧裡的常客。圍鸝酒吧裡的啤酒在島上是最出名的，所有的啤酒都是菲利普親手釀造。夫婦倆朝菲利普揮揮手，然後維霍妮可挽著佛朗斯瓦的胳膊走開了。

不到半天，夫婦二人的魚攤就空空如也。爲了讓魚更加新鮮，佛朗斯瓦選擇了短途捕魚。雖然出海的時間短成本會高一些，但是可以確保魚的品質。一周捕魚兩次，這些在市集售賣和送去餐館的魚就可以讓他們體面的生活。雖然大海把巴巴萊恩島和外界隔絕，但又滋養了他們。佛朗斯瓦很知足。

每次捕魚間隙，他會坐在船頭的甲板上。撲鼻的海腥味迎面而來，眼前是遠方天際線和海平面的相交處，而那並不是大海的盡頭。在無窮無盡的遠方，充滿了百般不確定，還有無限

的可能。面對變幻莫測的大海，謙卑是唯一的選擇。大自然令人敬畏，同時又在保護者我們，就像他在夢裡見到的海神波賽頓。有一次，他在漁網中看到一條背部凹陷的比目魚。那是脊背被大片咬傷的痕跡，傷口快要癒合。只見比目魚奮力向高處跳躍試圖逃離漁網，佛朗斯瓦當即把它放回了大海。

　　快到中午了，熙熙攘攘的市集逐漸恢復了平靜。筋疲力盡的佛朗斯瓦漫不經心地把冷卻鮮魚的冰收集起來放到地上的空魚桶裡。他在堆起的碎冰裡看到了一片羽毛，於好奇中推開上面的冰塊，把它放在手裡端詳。這時，一隻圃鵐飛落在他的手指尖，搖著靈巧的腦袋盯著他的雙目低聲吟唱。那熟悉的蜂鳴聲再次響起。昨晚的噩夢又出現在他的腦海，這是潛意識在提醒他危險的到來嗎？他不確信，不過可以確定的是一年一度的圃鵐節馬上就要來到了。

父與子

　　阿蘭不知道是偶然還是厄運將自己帶回了巴巴萊恩島。可生活就是這樣充滿了無常。就在今天清晨他還在倫敦，突如其來的瘟疫打破了他生活的平靜。為了躲避不確定的封城，阿蘭決定離開人口密集中心的住處。他總是逃避來到這裡，並嘗試抹去所有和父親相關的記憶，但他和父親的最後一次談話卻深深刻在腦海無法忘記。剛上初中的時候，父親讓他在自己和母親中做選擇，最終阿蘭跟隨了母親。父親只回覆了一句：「我們以後不需要再見面了。」就連他的葬禮，阿蘭也沒有出席。

　　夜空一片漆黑，滿天的繁星也無法點亮它的昏暗。點點路燈孤零零地列隊兩旁，來來往往的車輛帶給阿蘭一點微弱的光亮。大地像是被扣在密封的鐘型玻璃遮罩裡，悶濕的空氣讓他感到窒息。幾滴雨水落在阿蘭又長又密的睫毛上，前方出現一片薄薄的白霧。不過一會，他渾身濕透了，牛仔褲緊緊的黏在大腿上，塞得鼓囊囊的橙色杜邦紙登山包深深的壓在肩上。他身體不由地向後一傾，幾乎在倫敦所有值得帶走的家當都放在那裡，阿蘭不知道這次在巴巴萊恩島的逗留將持續多久。他抬起雙手抓住肩帶用力向前一拉，身體頓然找到平衡。阿蘭加快腳步趕往科備隆碼頭，以便搭上前往巴巴萊恩島的最後一趟客

15

船。

離巴巴萊恩島最近的陸地是托克魯鎮。瀕臨大西洋，這裡多雨且氣候溫和，綠色植物的種類比當地的居民還要多。散發著海腥味的海風、鬱鬱蔥蔥的山毛櫸樹林，路邊長滿橡子的櫟樹和椴樹，點綴著金黃色花蕊的雪白芳香椴花，峭壁邊各種高聳的奇形怪狀的巨石，還有漫天飛舞的海鷗。哪怕在這裡停留喝一杯咖啡的功夫，也會看到扭著肥碩臀部的海鷗從腳下大搖大擺的經過。這些熟悉的畫面封存在他的童年記憶中。海藻的味道越來越重了，阿蘭離碼頭不遠了。

不知覺中，阿蘭感到是種冥冥的力量將他帶回這裡。母親在一年前離世，封城他無地可去，除了父親生前留給他的一座別墅。最後一刻，他選擇了巴巴萊恩島。也許可以借著這次機會在他和父親之間找到答案，阿蘭對自己說。之於他們先前的關係，他並沒有任何的悔意，反倒是在愛恨間游移。他不願想像自己會在巴巴萊恩島上如何度過。會馬上去墓地看父親並大聲痛哭一場嗎？只是冷冷的看著他的墓碑沒有任何反應？或者要花很多的時間去說服自己？要麼什麼也沒有做就像沒有發生任何事情一樣？阿蘭自己也不知道。

一個上了年紀臉蛋圓潤的老婦人低著頭坐在被陽光照的褪色的淺藍色塑膠座椅上。她身後的落地窗後是空蕩蕩的碼頭，借著乘客大廳裡的餘光，隱約能看到一艘白色客輪。在她敞開

的黑色雨衣下，裹在老婦人凸起肚子上的深紅色毛衣更加奪目。橄欖綠色靴子的旁邊是一根長長的法棍，唐突的占據在灰色的手推購物車頂端。一隻大耳吉娃娃，瞪著圓溜溜的黑眼睛爬在地上張望四周。它搖晃的腦袋下繫著的黃色鈴鐺發出叮鈴的響聲。大廳裡，一半是乘客，一半是他們的愛寵。

阿蘭坐在客輪靠窗的位置，當他把頭貼在座椅上，身體終於可以放鬆下來的時候，肚子開始咕咕的叫起來。一天忙著趕路，他忘記自己沒有吃東西。隨著海浪緩緩晃動的客輪，他感到眩暈，眼前變得模糊起來。

一輛快速疾馳的列車橫穿過諾曼底一望無垠的農田。火車靠窗的右邊是一片片金黃色的油菜花。對於阿蘭，這是一次永生難忘的旅程。就是在這輛火車上，他遇到自己多年未見的父親。然而，他和父親的碰面僅僅是一個如陌生人般的微微點頭，雖然二人在同一節車廂裡，父親什麼也沒對他說。阿蘭沒想到父親是如此的鐵石心腸。自那次以後，父子二人形同陌路。

汽笛聲響，客船到岸了。島上的夜比陸地來的更早些。車輪的轆轆聲劃破天際，乘客拉著行李箱和購物車小心翼翼地拖過甲板和島嶼連接的鏤空鐵梯。阿蘭抬頭遠眺，黑黝黝的望不到頭，只有靠近碼頭一間房子的窗燈還亮著。教堂的鐘聲隨即響起，回聲蕩漾在寂靜的蒼穹中，掛在教堂塔尖的一輪圓月在此刻別有溫情，阿蘭覺得一切慢了下來。

牆壁刷的雪白的磚頭房屋，落地玻璃窗被白色螢光燈點得透亮，航船行程表、酒店和民宿的聯繫電話、遊艇的租賃資訊，還有一張圍鴉節的大型綠色海報貼在布告欄裡。「這裡不是售票廳嗎？過去，這兒可是一個巴掌大的小木屋。」阿蘭想。在去奧塞恩市中心前，阿蘭必須先經過伊洪戴爾路。先前光禿禿的茅草地，現在兩邊是整齊的商鋪。餐館門外堆起桌椅的地方占了半條馬路，腳下灰色的方形水泥地磚拼接的馬路被路燈照的鋥亮。以前每次經過這兒，他總會在坑坑窪窪的土地上聞到混雜著馬糞的草香味。暴雨過後，這裡便是島嶼積水最多最難走的地方。如果不是對馬路的名字耳熟於心，他會像初來乍到的遊客一樣在一團漆黑中迷路。第三個岔路口，在看到石雕花籃噴泉的地方向左轉是圖爾尼路。阿蘭繼續向前走，眼前開始出現臨街搭建的攤位，彩色遮陽罩下垂的帆布在夜風中飄起，吹來滿鼻的海鮮味。父親常常在周日快到中午的時候帶他來到海鮮市集，那時市集即將結束，這樣他們能以低於原來一半或更多的價格買到更多的海鮮，或者說在殘剩的餘物中做不多的選擇。母親對此悶悶不樂，因為她愛吃生蠔，可父親只能買些剩餘的蝦和魚回來。找到市集就離市中心廣場不遠了，父親的房子就在附近。阿蘭的腳下突然感到一陣疼痛，鵝卵石鋪成的小道向遠處鋪開。赤腳在被打磨的光溜溜的鵝卵石上和小夥伴奮力奔跑，因為貪玩回家晚而被父親訓斥，他兒時的記憶又回到眼前。同樣的一條路，可如今他穿著鞋在上面走都覺得不舒服。

阿蘭從公證員的手裡拿到房子的鑰匙。他是父親的獨子，也是房產唯一的繼承人。還是那扇木質的大門，不同的是在時間打磨下油亮的木頭上出現了更多的黑色裂紋。隨著嘎吱一聲聲響，門打開了。阿蘭沒有想到在進門的那一刻他是如此的平靜。但沒過一會，他覺得有點震驚。傢俱的擺放同他兒時一模一樣。正對著他的是帶有雕飾的樺木立櫃。廚房前的方桌在客廳裡還是顯著很大，雖然它是父親從舊貨店以非常低廉的價格淘來的。一家三口，各座方桌的一邊，這讓本來就很容易在吃飯時拌嘴的父親和母親更加有距離感。桌子後邊是一個橢圓形的鏡子，母親穿著紅白色方格棉質圍裙端著一盤煎馬鈴薯和烤豬肉從廚房向餐桌走來，夾著一股淡淡的黃油蒜香味。

　　「這兩百五十八法郎是怎麼回事？」父親一邊用食指指尖戳在購物小票的紙面，一邊向母親喊著。空氣中是一股濃濃的酒精味。

　　「阿蘭的鞋裡破了個洞，不能穿了。」母親剛要把食物送到口中，聽到父親熟悉的質詢聲把叉子放回盤中。

　　「兩百五十八法郎太貴了。我和你說了多少次，去買二手貨！」說完父親繼續往下看。「這又是什麼？」這下緊握的拳頭直接捶在了桌上。

　　母親低下頭，眼神空洞的看著桌上的食物並深吸一口氣。

　　阿蘭看著他們一張一合在空氣中飛舞並交相呼應的嘴巴，心想這頓晚飯又不得消停。坐在父親和母親中間，他時常有種

19

窒息感。每到周日的晚上，他就特別討厭出現在餐桌前。父親很喜歡喝酒，在他喝醉的時候家中的氣氛就變得更加劍拔弩張。甚至，好幾回他把捶在桌上的拳頭伸向了母親。

也許是多日不住人的緣故，加上島上空氣潮濕，阿蘭感到屋裡一陣陰冷。他看到桌旁被孔雀藍的大理石圍起、用橙色磚頭疊成的壁爐。爐中還有一層沒有來得及清理的煙灰。阿蘭俯身撿起立在牆角的木頭，它們居然沒有一點濕氣。他從包中翻出幾張紙，挑了根最細的樹枝，家中被他點燃的火焰瞬間變得明亮。阿蘭把剩下的木柴塞進整個壁爐，至少這座房子在今晚不會清冷。看著逐漸生旺的焰火，他想起下船後一路走來看到島嶼的變化，不由地心中打了個寒顫，他不知道瘟疫來到這裡還需要多久的時間。沒過一會兒，他就被壁爐傳來的愜意熱氣包圍，他在沙發上不知覺中酣睡起來。

阿蘭很久沒有這麼快進入夢鄉了。自從母親去世後，他總是失眠。雖然和往常一樣，睡著後他仍然會做很多的夢。離開島嶼二十五年，他和母親去布雷絲特生活。但兒時在這裡生活的畫面總是不斷重複出現，所以當他再次回來，即使島嶼今非昔比，但回家的路他依舊熟記於心。在夢裡島嶼的場景沒變，不過人物則是夾雜著幼時的夥伴和後來結識的朋友。雖說不曾再見到父親，但夢裡他和母親總會同時出現，可無論他努力做什麼，父親都不會顯得高興且視若無睹。

天剛剛亮，阿蘭就被窗外的雞鳴聲驚醒。他想再閉眼眯一會，可花園裡雞的叫聲越來越響。打開落地窗門，一隻頂著紅色雞冠，體態發福渾身裹著黝黑鋥亮羽毛的公雞，直勾勾地盯著他的眼睛。阿蘭二話不說上前把它趕走，可公雞撒腿就跑進了草叢。當他腳踏上草坪，想著去抓公雞的事便馬上拋在腦後。倘若房子一年多沒有人住，雜草叢生的花園似乎更符合常理，可就連圍牆邊的珊瑚樹也被裁剪的有稜有角。房子裡難道住著其他人？可昨天夜裡他並沒有看到屋裡有人，難倒父親事先請別人來定期除草嗎？正在他思量之時，那隻溜走的公雞又悄悄地來到了他的腳下，左右爪輪流微微抬起並做好隨時後退的準備。阿蘭一動不動地看著它來回轉動如黑豆般的眼睛，待它觸不及防的時候把手伸向了它。可公雞甚是機敏，就在他指尖觸及到黑色的羽毛時立即脫身向草叢深處跑去。阿蘭邁開大步緊隨其後，只是他著急出門還沒來得及穿好的鞋，在泥濘的草地上一腳打滑，屁股直接摔在了地上。而那隻遠去的公雞鑽進了珊瑚樹下的空隙逃到了隔壁。

　　「真是活見鬼！」阿蘭起身拍拍褲子上的泥土，回到島嶼的第一天就遇到一隻不知哪裡來的倒楣公雞。早上這麼一折騰，他感覺該出去找點吃的東西了。還是昨晚門前那條鵝卵石鋪的路，不過沒有昨晚那麼硌腳了，也許是趕了一天路的緣故，他想。這時，路的對面走來一個面部飽滿，兩頰被曬的通紅的老人，在他的腋下夾著一個黑色的活物。「這不就是剛才那隻倒楣的公雞嗎？」阿蘭心裡念叨。不過現在它在老人厚實的大手裡

21

異常的安靜。他們兩眼相視大約五秒的時間，老人開口了。

「您好先生，抱歉，請問您是？」老人若有所期的問迎面走來的阿蘭。

阿蘭上下打量著眼前的這位老者，他擔心自己沒有認出來對方或者看錯人而會尷尬。但他又覺得自己的顧慮是多餘的，二十三年沒有回來，恐怕這位老人和他一樣也會認不出自己來。

「我叫阿蘭。」
「哦，你是讓的兒子，對嗎？如果我沒認錯？」老人的眼裡散發出慈愛的光來。

讓，是阿蘭父親的名字。他已經很久沒有聽到別人提起父親了，包括自己的親生母親。阿蘭迅速地從有限的記憶裡搜索所有熟人的印記，不過還是記不起這位老人的面孔。他充滿疑惑，又不情願的眨著眼，回答。

「對，我是。」他剛說完就覺得自己不自在。
「別害怕孩子！我等你很久了。你深黑色的眼睛，濃密的睫毛像極了你的父親。第一眼看到你，就讓我想到讓年輕的樣子。」

阿蘭並沒想到剛來島上就會遇到父親的朋友。他也沒有想

到自己會這麼快接受老人的邀請，如果他說的都是眞的。阿蘭對眼前這位擁有著寬闊臂膀、面容和善、神情眞摯的老人充滿了好奇和神祕感。他究竟在等待什麼？

他叫阿禾諾，住在父親房子的隔壁。難怪他的雞會跑到家裡的花園。

「讓還在的時候，他特別喜歡露露。」阿禾諾低頭看手裡的公雞。「他餵它食物，常抱在懷裡撫摸它的羽毛。你說奇不奇怪，自從你父親離開後，它從珊瑚樹中間生生鑿出一個洞來，然後時常跑到他的花園裡。」

「花園是您清理的嗎？」阿蘭避免在談話中提到「父親」和「讓」，這兩個字眼讓他感到沉重。

「盡我所能！要知道白天我還有三公頃的葡萄園要打理。不過現在，它要交給你了。你還沒有吃早飯吧？」

阿蘭點點頭。

「三角麵包，巧克力麵包，還是法棍？」
「一截法棍，如果可以，再來一塊巧克力。還有一杯咖啡。」

阿禾諾看著阿蘭切開麵包，把巧克力夾在中間，笑了。

「你父親也愛這麼吃！」

阿蘭沒有理會他的話，轉問：「您是怎麼認識他的？」

「說來話長！相識的時間應該和我們年紀差不多。」

如果阿禾諾很早就和父親認識，那怎麼從沒有見過他，也沒有聽父親提起過他？原來阿禾諾十七歲的時候就去了美國，在那裡度過了大半個職業生涯。雖然他在投資銀行的工作做的風生水起，但是父親身體每況愈下，家中的葡萄園要人接管，於是他攜妻兒一起回到了巴巴萊恩島。

「人是很奇怪的靈長動物。當我們年輕的時候，總想離開家到更遠的地方去發現新的世界，而離的越遠就覺得越沒有約束，可是到了一定的年紀就想回來。而自由卻成為一個讓你感覺熟悉且自在的地方。我想念這兒的乳酪、葡萄園和大海。好了，該說說你了阿蘭！」

阿蘭沒有立即回答，「我，沒有什麼可說的，父母離婚後，我和母親去了布雷斯特。現在在倫敦的保險公司工作。」

在聽阿蘭講話的功夫，阿禾諾從抽屜裡拿出一個牛皮紙信封。「在你父親病重的時候，他把這個交給我了我，要我親自給你。」

阿蘭的眼睛盯著他手裡的信封，八開紙大小，上面什麼也沒有寫，和普通的信封沒什麼兩樣。

「讓和我說自從和你母親分開後，就再也沒有和你一起生活。今天很高興能看到你。可是剛才的談話你總嘗試著回避我的問題，從未說過父親這兩個字，哪怕是他的名字。也許我的問題有些直接，你可以和我講講眼中的父親嗎？或者你想知道更多關於他的事嗎？」

「冷漠，自私。」阿蘭不由分說。

雖然阿禾諾的提問讓他感到有點不快。談到父親，他心中沉浸許久的不悅一下被點燃，他沒想到自己在一個陌生人前的回答如此坦白且直接。阿蘭雙手緊緊的握著白色的陶瓷咖啡杯。

「打開它吧，如果你現在願意！」

那是一張黑白色的照片。穿著西服、打著領結的父親站在左邊，年輕的時候他留著八字鬍鬚，母親燙著碎花卷髮，身著豎花紋的連衣裙站在右邊。畫面中間是一位穿著西服裙，身材略微發福的女子抱著一個穿著背帶褲的嬰兒。

「這個孩子是我嗎？」阿蘭食指指向畫面中的嬰兒。
「讓可就你一個孩子。」
「那這個女人是誰？」
「讓的母親。」

阿蘭仔細端詳著這位女子，她的眉毛又粗又黑，眼神透亮而清明。祖母已經過世多年，可他清晰的記得祖母的模樣。

　　「您確定嗎？我的祖母要比照片中的這個女人更高更瘦一些。眼睛也比她的要小。」
　　「她是你的親生祖母。」

　　阿蘭眉頭緊蹙，對阿禾諾的回答感到懷疑。

　　「讓是繼父和繼母養大的。」
　　「可他從來沒有說過。」
　　「讓和親生母親的關係有些複雜。他想找自己的親生父親，可是每次問母親，她總是守口如瓶。也是從那時起，他們就很少見面了。」

　　阿蘭沒有緩過神來，眼前的照片變得縹緲，自己的思緒仿若一下被拉長了半個世紀。他發現自己不完全瞭解父親，或許之前他認識的不是自己真正的父親。還有多少關於父親的事情他不知道？

　　「您見過他的親身母親嗎？」
　　「呵，她離我們可不遠。」
　　「您的意思是，她還活著？」

「除了走路有點慢，記憶力不如從前，她身體好的很。她住在島上的養老院裡。你想去看看她嗎？」

　　阿蘭不作聲，視線回到被自己出汗的手心浸濕的黑白照片。來到巴巴萊恩島不到半天的時間所遇到的一切，他覺得自己有點透不過氣來。

選舉

　　放下孫女剛剛來過的電話，路易松有些失望，每年春季瑪儂會回到巴巴萊恩島度春假，可是今年的假期泡湯了。在巴黎市立醫院工作，新冠流感讓她無法抽身離開。路易松很快就對孫女的處境擔心起來，雖然獨居在小島上，但是她對世界發生的事情無所不知。當五個星期前巴黎確診第一例新冠流感患者的時候，就引起了路易松的注意。每天清晨六點，她會準時去信箱裡取當天的報紙。只要在家裡，收音機和電視機裡大部分時間會播放新聞。她關心巴巴萊恩島的變化，關心世界的變化，也很熱衷於政治，可回頭想來她快要記不得自己何時參加島上的最後一次選舉了。丈夫和她的政治觀點不同，這也成爲了他們不相往來的主要原因之一。

　　檸檬的清香彌漫在廚房裡，奶白色的水蒸汽在空氣中飛舞，沸騰的果醬在灶台上的不銹鋼鍋裡發出咕嘟咕嘟的響聲。路易松關掉爐火。檸檬果醬冷卻的功夫，她去倉庫裡取了一盒早已洗好晾乾的玻璃小罐。瑪儂喜歡外婆做的果醬，每次她回到島上之前，路易松都會提前把用時令水果做的果醬備好。裝到一半，針紮般的疼痛從腹部而來。她咬緊牙，一手按住肚子以減少痛感，一手扶著案臺邊緣支撐住身體向窗前的藤條靠椅慢慢

移動。還是老地方，她暗忖。

　　窗外傳來地動山搖的馬達聲，一輛黑色的摩托跑車消失在窗戶盡頭，隨後是一輛白色的轎車飛馳而過，廚房裡又恢復了平靜。路易松隔著半掩的白色蕾絲窗簾看著外面的一切，當視線回到家中時又看了眼水泥陽臺上亭亭玉立的粉紅色玫瑰。牆上的木質棕色掛鐘繼續枯燥地滴答滴答的擺動著，藤椅旁邊的黃色矮櫃上擺滿了各種神態的陶瓷小豬，那是她先前開餐館時留下的飾品，櫃子上方貼滿了來自四面八方的明信片。路易松和朋友開玩笑說：「不用出門，我就可以跟著你們的卡片到處旅行了。」而對於路易松來說，近些年來她最遠的外出活動是去巴巴萊恩島的市集採購食物。最後一位訪客是住在花園南邊的租客，一個月前剛剛來幫她換過燈泡。如果蘇菲還在的話，她們會經常一起出門散步、野餐。可是，幾個月前她自殺了。路易松很早就知道蘇菲想以這樣的方式結束生命，但在得知她自殺消息的時候，路易松還是很震驚，想和做畢竟是兩碼事。蘇菲離開之後，她收養了她的白色京巴狗，雖然她之前從不願養狗，因為她擔心自己突然離去。

　　待疼痛漸漸緩解，路易松把剩餘的果醬打包好放在倉庫的食物儲藏櫃裡。她不知道瑪儂什麼時候能再回到巴巴萊恩島，至少不會是馬上。然後，她從冰箱冷藏的抽屜裡拿出兩顆馬鈴薯。馬鈴薯她都會存放在冰箱裡，這樣不怕光也不怕熱，即使放幾個月也不會發芽。路易松對所有的食物屬性瞭若指掌，要

29

知道她退休前開了四家餐館。十幾個員工圍著她一個老闆娘，同時還是兩個孩子的單身母親。這些對於一向做事運籌帷幄、有條不紊的路易松來說並不是難事。她把切成不規則塊狀的土豆和用橄欖油、蜂蜜、胡椒粉和大蒜醃好的牛肉放在烤箱裡，這樣等她回來就有熱乎乎的午餐。離開家之前，她把京巴狗的水盆和食物填滿。從冰箱上取下備忘的便簽，將鑰匙放在了門前土黃色草氈腳墊下的縫隙裡，拉著手推車向市集走去。

要到市集必須先經過市政廳，它在後面的廣場。路易松看到布告欄上擠滿的海報感到腦袋發暈。不僅是這裡，就連巴士站、電線杆、十字路口的看板和空隙處，都能看到擠滿候選人面孔的海報，有的甚至直接貼在了交通指示牌上。不過市政選舉尚未開始，一些海報已經被人為撕毀。雖然這要受到法律懲罰，但依然沒有阻止這樣的行為發生。一晃就是五年，自上屆市長任命以來，巴巴萊恩島上的變化翻天覆地。

首先，為了振興島上的經濟，巴巴萊恩島開始舉辦一年一度的圍鶇節。接著又為了讓居民的生活條件得到改善，醫院、學校和養老院進行翻修，並且每個島民都會收到一筆補助。但大家沒有想到得到這一切所付出的代價是島上環境的改變。巴巴萊恩島的居住區被梅紅河一分為二，就像其他古老的歐洲城市一樣，河的一邊是老城，另一邊是新城。住在河岸南邊的老城居民在白天時不時會聽到從空中傳來轟隆的機械聲。一座座新的大型海濱浴場、繁華酒店和度假住宅拔地而起。只有在夜

幕降臨的時候，萬物重歸寧靜，路易松才又找回了熟悉的夜的深邃。

今天，現任市長會在市集廣場酒吧前的空地上做最後一次選舉動員演說。他知道每週日這裡是彙聚島民最多的地方。一見到人，他的嘴唇立刻上揚，接著伸出手臂和迎面而來、認識或不認識的人握手，以便迅速建立起友誼，這些程式化的動作和他善於寒暄溫暖的殷勤竟也引來不少支持者。每當路易松想到這裡，一股厭惡感油然而生。

市集的兩邊是臨時搭建的白色帳篷，有當地的島民，也有來自陸地的小攤販，他們會帶來一些新奇的玩意兒吸引遊客和居民。入口處擺滿了鮮花，淡雅的鈴蘭花、香氣濃郁的小蒼蘭、色彩綺麗的杜鵑花、還有淡紫色的丁香……路易松選了一紮鮮紅色的玫瑰。她愛紅色，床頭也掛著一幅紅色玫瑰花花開的油畫。她把花叉在手推車後背的袋子裡繼續向前走。從來到市集開始，她就有一種莫名其妙的感覺。通常這個時候，過道裡到處是人。可是今天恰恰相反，有的人即使來到市集，也腳步匆匆地走向盡頭。

就在她若有所思時，一個熟悉的聲音從身後傳來。剛要轉身，她撞上了這個正在說話人的後背。他不是別人，正是現任市長，在和街頭兩邊的商販聊得熱火朝天。

「對不起女士，我有碰傷您嗎？」他回過身來，帶有歉意的問。

　　路易松抬頭又看到了那上揚的嘴唇，以及扶在自己雙臂的手。

　　「是您啊布詩太太，在這裡見到您真是太巧了，近來您還好嗎？希望我剛才的魯莽沒有讓您受傷。」

　　路易松本能的身體向後傾斜，四周人的目光聚集在他們身上，出於禮貌，她回答：「我活得很好，直到你向我問話前。」

　　「您還是那麼愛開玩笑，向來您的身子骨硬朗。」

　　路易松什麼也沒說。片刻後，市長覺得有些尷尬趕緊轉換了話題。

　　「好久沒有和您聊天，等選舉之後我去拜訪您。姨媽生前您可是她最好的朋友。下周末是選舉日，別忘了來投票！」

　　「我很久不投票了。」路易松不假思索的回答。

　　剛剛和市長的相遇讓路易松感到有些不快，她想盡快結束購物趕緊回家，以免聽到他稍後在廣場上的演說。路易松給左派和右派都投過票，即使是不左不右的中間派當選後，每次都以失望而收場。時間久了，她發現和付諸行動相比他們更善於彼此的指責。一方的觀點還沒有被認真傾聽和理解，另一方就開始歇斯底里的憤怒反駁，在非黑即白的辯詞裡充斥著撕裂和偏見。不過這都是基於打口水戰的層面，好像指出對方的錯誤就是自己勝利的第一步，而製造分裂和煽動仇恨是他們的常用

伎倆。在政客的言論和媒體的信息戰中我們輪番倒下，但卻迫切的需要重新找到一個完美的指令，或者美其名曰值得信賴的聲音重新站起，而在這之中全然忘記了自己的思考。

路易松一邊向前走，一邊思索著。來到了市中心超市的位置，外面居然排起了長隊。隊伍中零星的幾個人用圍巾半掩著嘴巴和鼻子，還有的帶著口罩，走出大門的人大包拎著小包。一個穿著藍色風衣的矮個兒男子左肩上扛著一袋米，填滿食物的右手購物袋上方塞了兩大包衛生紙。無風不起浪，她想起巴黎馬上就要封城的消息。

她想起自己要買的東西，先是翻翻大衣，然後又掏掏褲子，什麼也沒有找到。最後，在推車的口袋裡找到了備忘的便簽。在她丈夫去世後的幾年，路易松開始越來越容易忘事兒。要麼冰箱門打開忘記要拿什麼東西；要麼水龍頭沒關廚房發了水災；要麼煤氣開了一個下午，幸好發現的早，周圍沒有什麼易燃的物品且窗戶開著，不然她和整棟房子都要遭殃；房間裡的燈短路，就是因為她好幾天沒有關燈。

丈夫生前他們就已經分居多年，雖然兩人在法律範疇內一直是夫妻，但處理離婚財產的繁瑣程式讓他們更願意這樣解決二人的關係。即便不能生活在一起，週末他們還是會一起出來散步，或者來路易松的家裡共進午餐。分居之前，丈夫喜歡把收音機的聲音放得很高，哪怕路易松就在他旁邊。她讓他把音

量調小，可是他說更願意聽收音機裡的聲音而不是聽她講話。路易松最討厭他不愛洗澡，不到半米的距離就能聞到一股發酸的味道，所以她從來不去他家吃飯。可在他去世的那個晚上，她最好的朋友蘇菲陪在她桌邊，聽她哭訴了整整一夜。在那晚之後，她做了兩件事。

首先，她請來住在花園深處的房客，來巴巴萊恩島研究鯨魚的年輕大學生，在網上幫她一起尋找人死後需要做的事情。然後，她找來油漆工把早已褪色的窗戶遮光護板重新粉刷一遍。雖然還是原來的草地色，但新刷過的百葉窗讓房屋煥然一新，散發出勃勃生機。路人經過她家的門口，對油漆的色澤讚不絕口，她告訴他們是丈夫在十二年前選的。

黃色的方格便簽上寫著，半公斤馬鈴薯，六顆雞蛋，兩片牛排，三個蘋果，一瓶橄欖油和一小袋麵粉。路易松一手握著便簽，一手緊緊拉著推車。放麵粉的架子上只剩下一層散落的白色麵粉，就連放馬鈴薯的木頭框裡也一眼見底。她最後拿到一盒雞蛋和一塊牛排。猶豫片刻，她又拿了兩塊雞肉，在罐裝貨架中僅剩的食物中找到兩罐青豆和蘑菇，以及一大罐卡蘇萊砂鍋。

比起疫情本身，超市哄搶造成的一時供貨不足更讓她擔憂。過了大半輩子，沒有什麼讓路易松害怕，即便是死去。她承認在丈夫去世的時候這種恐懼閃現過。雖在漆黑的夜裡閉上雙眼，

獨自躺在床上曾無數次想過自己會離開，但在何時、何地、以何種方式死去，她不知道。可是每個人宿命的終點不都是一樣的嗎？她又釋然了。歡喜和憂傷、苦難和幸福，她都刻骨銘心的經歷過，如果說還有什麼遺憾，那是她爆如火山的倔脾氣。雖然她對這一點心知肚明，尤其是對自己最親近的人。她深愛自己的丈夫和孩子，可獨自一人更覺得清淨。去年不小心摔倒在馬路上，被坑窪的柏油路地面磕的鼻青臉腫血流滿面，她第一時間通知的是蘇菲。再次和遠在美國的女兒視頻，是一個月後傷口快要痊癒之時。而最近時常出現疼痛的腹部，醫生告訴她是腸癌，她還沒有想好什麼時候告訴家人。

　　路易松走出超市，歡呼聲從廣場邊傳來。當危難來臨前，有些人驚慌失措，有些人奮力求生，有些人置若罔聞繼續被捲入周而復始旋轉的齒輪。

　　「巴巴萊恩島只有一個。我向大家鄭重承諾，如果我再次當選，島嶼會更加繁榮。」
　　「樂華！樂華！樂華！」沸騰的人群齊聲高聲呼喊市長的名字。
　　「讓我們團結在一起，為了所有的人！」
　　「樂華！樂華！樂華！」
　　「為了巴巴萊恩島的未來！」
　　「樂華！樂華！樂華！」

市長的激昂演講在廣場上空迴旋。她想起了他下周末投票的提議。

　　「不，再也不會了。」

　　路易松朝著聲音傳來的方向回應，然後倔強的甩頭轉身離去，消失在市集的另一邊。

瑪利亞

「我沒想到是你，平時你可不是這個時間來！」

瑪利亞為阿禾諾的到來感到驚訝，然後眼睛開心地瞇成一條彎月。她有個習慣，每次有人來訪，她總會在那天的日曆上畫個圈，然後下邊標注到訪者的名字。

坐在床邊的灰色單人沙發上，瑪利亞和它搭配得完美無瑕。剛好塞得下她圓潤身體的沙發顯得她更加豐韻而飽滿。銀色短髮下是一對閃爍的明眸，白皙紅潤的面部齒白唇紅。雖剛過八十，她不僅生活自理，還時常去餐廳幫大家擺餐具。

「您近來好嗎？還每天去花園散步嗎？」
「一直都不錯。但不是現在，我上個星期從床上摔下來了。」
她舉起右手，把額頭的劉海推到耳邊，一個拇指大小已經結痂的深紫色傷疤露出來。

「您還覺得痛嗎？」
「還有一點。」
然後那條彎月又出現在她櫻花色的臉頰上。

「瑪利亞你看，這是誰？」阿禾諾拍著阿蘭的肩膀。

深邃黝黑的眸子，濃密卷翹的睫毛。眼前這位俊年男子，既熟悉又陌生。瑪利亞看著他的眼睛，而他的眼睛也在望著她。當兩人眼神碰撞在一起時，她的身體不由地向後傾，一隻手放在沙發扶手上支撐自己傾斜的身體，另一隻手放在心跳猛然加速的胸口。

「我不知道。」

「你看他的眼睛像誰？」

瑪利亞腦中確實閃過一個念頭，但是她不敢相信。她搖搖頭。

「還記得讓有一個兒子嗎？你把他抱在懷裡拍過照片。」

「不過他很小。」

「沒錯，那時還是個孩子。可是你看，阿蘭現在長大了。」

瑪利亞把頭又轉向身邊這位年輕的男子。時間在這一刻停滯，就連光束裡在空中飄舞的飛粒也停止了移動。她那一閃而過的念頭不是憑空想像，親生外孫就這樣真切的站在眼前。瑪利亞以為自己再也不會見到其他親人了。能在巴巴萊恩島上的養老院裡安度晚年，她不再奢求更多。阿蘭的出現，讓她再次感到歲月待她不薄。

讓去世的消息是阿禾諾告訴她的。那是聖誕前夜，天如死灰般陰沉，又冷又潮濕。教堂的鐘聲敲響時，棺柩被四個挑夫抬出了教堂，天空無休無止的飄起了細雨。瑪利亞一直陪伴讓到墓地，但她始終無法低頭看在墓穴中兒子的木棺，就像她本能的拒絕回答讓所有關於他父親的事情。

在她還是少女的那個時代，未婚先孕是難以啟齒的事情。讓的父親，瑪利亞只見過一面。那一年，她十六歲。一個燥熱騷動的夏天，一群年輕人在梅紅河岸邊相聚，周圍彌漫著誘惑撩人的氣息。那一天，瑪利亞和讓的父親相遇。他的名字叫盧錫安。現在想來，她不確認那是他真實的名字。瑪利亞記得當時第一眼看到他，就被那黑琥珀色深邃動人的明眸，洋溢在臉頰溫暖的笑容所迷倒。

那一刻，她就像一個羞澀的粉色玫瑰骨朵被陽光頃刻間滋養，在他面前自由的綻放。一頭長至腰間的金髮，如白色鐘乳石般清透的皮膚，似虞美人溫柔的殷紅色嘴唇，站在瑪利亞前，年輕男子的心輕易就會被她那自然淳樸的美所捕獲。當盧錫安把瑪利亞摟在腰間，當他黑琥珀色的眼睛漸漸靠近她虞美人般的紅唇時，瑪利亞想過要掙脫，可是她感到身體湧入一股暖流，接著頭部一陣眩暈。那一晚，盧錫安成為了瑪利亞的第一個男人。

可是，這個她生命中遇到的第一個且唯一的男人，在瑪利

亞後來的生活中消失了。盧錫安告訴她自己是來巴巴萊恩島做假期工的學生，而這就是瑪利亞知道的全部。在那晚之後，瑪利亞沒有去找他，直到知道自己有了身孕。她去找了盧錫安做臨時工的農場，農場主告訴她一周前他就離開了。農場主知道關於盧錫安的事情其實並不比瑪利亞多。每年來島上做季節工的人更迭頻繁，他能記得起的是盧錫安來自布列塔地區一個叫做泰坦尼亞克的村落。可瑪利亞獨自一人身無分文，又找不到可以幫她的人。她能掩蓋住自己懷孕的祕密嗎？她要留下孩子嗎？是否要去找盧錫安？如果沒有找到她將如何照顧這個孩子？在日復一日的不安和猶豫中，瑪利亞的腹部漸漸的凸顯起來。

紙終究包不住火。當瑪利亞的父母，也就是讓的外公外婆發現自己女兒的祕密時，他們大發雷霆。這是家中的醜聞，他們這樣定義瑪利亞的未婚先孕。不能向家人和朋友透露半點她懷孕的消息，瑪利亞被關在了閣樓，從此不得走出家門。整日以淚洗面，廢棄的閣樓裡除了黑森森的陰暗，就是偶爾穿過地板的老鼠。她想一頭撞在牆上，一切就了結了。可是當她又想到在自己最絕望的時候，是肚子裡的孩子不離不棄的跟隨她。當她獨自落淚時，小傢伙的腳丫四處亂踢，那如韻律般時而凸起的腳尖像極了舞臺上活躍的芭蕾舞演員，她冰冷的心被眼前鮮活的生命所融化。

在她快要臨產的時候，父母把她送到了米歇爾教堂隔壁的

40

收容院，那裡有很多像她一樣未婚先孕的母親，也是在那兒裡她們在修女的幫助下生產。很多孩子尚未足月就離開了人世，他們被裝在一個簡易的木質盒子裡，沒有神父的祈禱，即刻被埋在收容院後面空曠的花園角落裡。自瑪利亞來到收容院的第一天就開始祈禱，幸運的是一個星期後，讓順利降生。當小小的、柔軟的、溫暖的身體趴在她胸前時，她幸福地淚流滿面，感到自己得到了神靈的庇佑。可這短暫的時光持續不到半個月，父親就硬生生的把讓從自己的懷裡抱走。他們已經爲讓找好了寄養家庭，而瑪利亞則被送到了修道院。

　　瑪利亞被安排到了修道院的廚房和菜園。午飯過後，所有的修女會在房間裡午休，躲避強烈的陽光，而她會把袖口挽高，戴一頂草帽在地裡幹活。她需要光，當太陽把她渾身上下曬到通紅發燙，她才能感到那是自己的身體。她把廚房的殘羹剩飯放在菜園露天的土坑裡，雖然高溫讓它們臭氣熏天，但發酵後就是最好的肥料。除草、澆水、施肥、撒種，這些平平無奇的勞作是她最初來到修道院生活的必須，在忙碌中，她感到時間會過的更快一些。當她來年從地裡挖出圓溜溜的馬鈴薯、看到萵苣葉子變綠、番茄在枝頭結果的時候，瑪利亞的臉上漸漸地又出現了笑容。就在她一步一步快要走出來時，瑪利亞收到了一封陌生人的來信。信是兒子的養父養母寄來的，上面寫著：「歡迎你來家裡做客，讓會很高興看到你，請以我們朋友的名義。」

時間一晃就是三十年。修道院裡的修女越來越少，瑪利亞所在修道院被改造成了養老院。她選擇以餐廳工作人員的身分留下。父母早已離世，哥哥在一場車禍中意外死亡。沒想到高牆四壁的這裡成爲了她最終的歸宿。修道院不在了，瑪利亞還是會每週去附近的教堂做禮拜，爲自己的衝動懺悔，還會爲兒子讓祈禱。兒子的突然離去，讓她一度對上帝感到過懷疑。瑪利亞是忠誠的基督教信徒，她竭盡一生全力爲自己贖罪。「上帝你聽到了我的聲音嗎？是我遭受的懲罰還不足夠？還是我所做的一切還不足矣？」瑪利亞試問。又一次，她陷入了對兒子的思念。

　　阿禾諾把靠窗的白色金屬移動餐桌拉到瑪利亞前，將熱巧克力和瑪德萊娜蛋糕放在上面。她朝他點點頭表示謝意。然後阿禾諾轉身離開了，屋子裡只有瑪利亞和阿蘭兩個人。瑪利亞拿起白色的陶瓷馬克杯，嘴邊抿了口熱巧克力，眼睛又開心地瞇成一條彎月。過了一會兒，瑪利亞看看門外沒有動靜，手裡透明的瑪德萊娜蛋糕包裝紙攢在她手裡變得皺巴巴的。她把目光轉向了阿蘭，詢問他住在哪裡，做什麼工作。在這期間，一位瘦小的老婦人推著手推車從門前經過，她叫瑪麗，和瑪利亞來到修道院的時間差不多，也是她認識最久的朋友。

　　「這是我的孫子」。瑪利亞高興地和瑪麗說。
　　瑪麗草草說了一句「你好」就走開了。
　　「她很害羞，喜歡一個人呆著。每次她看到我和家人在一

起，她就躲開了。」

　　瑪利亞向阿蘭解釋，她從來沒有見過家人來拜訪過瑪麗。
有一次，瑪麗向她說起自己的家人，只是簡短的一句：「母親離
開我很久了，只有我一個人。」瑪利亞從未主動問過瑪麗關於
她家人的事情，就像瑪麗也從來沒有問過瑪利亞讓的父親是誰。
她們從未觸及彼此封藏心底的祕密，且在之間達成了某種默契。
而這些避諱並不阻礙她們成為最好的朋友，反而讓她們的情誼
更穩固。

　　她們每天都會見面。如果沒有訪客，兩人會坐在走廊的沙
發上。瑪利亞沐浴在透過落地窗撒進的陽光裡，時常陷入沉思，
而瑪麗在一邊靜靜地做編織。她們也會聊天，不過大部分的時
間會彼此肩並肩安靜地坐著。

　　阿蘭和阿禾諾走後，瑪利亞把日曆拿在手裡，用藍色的馬
克筆在三月七日上畫了一個圈。「七是一個幸運的數字」，她說。
然後，瑪利亞在胸前畫了一個十字。

承諾

阿曼達整夜未眠，這要源於昨晚收到一封來自衛生部的信件。自從醫學院畢業後，來到巴巴萊恩島的蘇菲亞醫院，這是她職業生涯第一次感到事有蹊蹺。

透過床邊百葉窗的縫隙，深黑變成刺眼的白。她雙手合併用力互搓，借著隨即產生的熱量將手按在眉心、眼眶和兩頰周圍，這是她應對疲憊的常用手法。被點亮的床頭櫃臺燈下是白色的紙質日曆，上面大寫著「星期日」。在去醫院前，她要先去教堂做彌撒。幾件換洗的內衣、一個粉色浴巾、一個藍色的帆布洗漱包，還有一本聖經，她把行李拉好，接下來等待她的是七十二小時的值班。

阿曼達輕輕推開聖母院大教堂鑲著黑色金屬花紋的深褐色木門，一縷七色的光流入她的腳底，那是牆壁上彩色玻璃的投影。這座建於十五世紀哥德式的建築和其它十四座教堂一樣，沿著海岸線座落在不到九十平方公里的島嶼各處。

彌撒已經開始了，阿曼達在教堂最後一排座椅的過道上安頓下來。那位個子矮小、頭髮禿頂、身穿深紫色長袍、鼻子上

架著黑色圓框眼鏡、臉部圓挺飽滿的男子是神父讓·皮埃爾，正站在聖臺左側帶領大家唱聖歌。可是他今天的表現有點差強人意，沙啞的歌聲被不時而來的咳嗽聲打斷。臺下的聖徒略有擔心地看著臺上的神父，和隔座的人細細竊語，爲了跟隨他的旋律，管風琴師不得不小心翼翼地盯著他的面部表情來判斷是否繼續。在神父旁邊，是穿著過膝白色長袍領受聖體的孩子，胸前的十字架從他們脖頸上的項鏈端正地垂落下來，他們各個表情肅穆，凝息全神貫注。那個點燃銀色香爐，頭髮是深褐色的男孩正是她上個月剛剛出院的病人，他已在闌尾炎手術後痊癒。

在教堂做禮拜，她不僅是禱告，而且能遇到她的病人，借此瞭解他們身體的恢復。在第三排走廊過道，手握深藍色走步車支架，一頭白色捲髮，帶著黃色絲綢圍巾的老婦人叫瑪利亞，她住在繡球花養老院。阿曼達清晰記著她的名字，她近來常去拜訪她。晚上從床上摔下來後，瑪利亞頭部輕微出血且左腿根部紅腫了。除此之外，阿曼達並沒發覺她身體有大恙，倒是她更需要有人和她聊天。兒子去年去世，她在養老院孤身一人。阿曼達能做的是給她開一點維他命和安眠藥，並建議她在白天多出來曬太陽和散步。

彌撒剛一結束，阿曼達沒像往常一樣和大家打完招呼再走。那封她看了好幾遍，並在腦海裡不斷浮現的郵件召喚她迅速趕回醫院。「高傳染性、高致病率，提醒大家高度警惕！」信的底

部標注著「內部流通和嚴加保密」的字樣。在她回到醫院不久，收到了來自醫學院同窗奧利維爾的消息。他是巴黎市立醫院的醫生，醫院的地下車庫變成了臨時的冷凍卡車停車場，隨時待命準備接受新冠患者的屍體。自瘟疫登陸歐洲以來，阿曼達就一直關注它的動態，直覺告訴她實際情況比想像的還要糟。遠在千里之外的國家最先發現新冠病毒，爆發不到一個月，所有的城市遭到封鎖，這是她有生以來第一次遇到這樣阻礙疾病傳播的措舉。

她想到了 1918 年的西班牙流感，當時瘟疫肆虐全球，只有巴西亞馬遜河口的馬拉若島躲過劫難，島上奇蹟般無一人感染，正因為它及早切斷與外界的聯繫。而現在飛往世界各地的航班仍在繼續，從內陸到巴巴萊恩島的遊輪和客船不曾間斷。阿曼達深知恐慌比瘟疫本身更可怕，為了不出現人心惶惶的局面，她需要謹慎地在醫院內部提前做好防控。而在這期間，她也需要市長的幫助。

市政廳前臺的女士正在接聽電話，阿曼達在入口處的椅子上輕輕坐下。白色的電話聽筒夾在她右肩微傾的頭和脖子之間，把她胸前白色的珍珠項鏈壓成了 S 形的流線。她一邊和電話另一頭對話，一邊將銼指甲刀在指尖移動，然後把象白色的粉末抹到地面，還有一些落在她黃色的金絲桃印花連衣裙上。

「先生，我們現在沒有封島的計畫。您既然在巴巴萊恩島

46

購置了別墅，我們更沒有理由拒絕您的到來。」

　　阿曼達如百子蓮花瓣清秀的細眉向鼻翼上端聚攏。先別說住在老城的居民，新城居住區的房屋是老城的三倍，而大多是內陸人來島嶼度假的房屋。她無心靜坐，起身在大廳踱來踱去。向市長的辦公室望去，他的對面變成了電影放映室。這時，她想起同事幾個月前提起的一件事。為了方便公務人員身體檢查，市政廳專門採購了一臺檢測儀，這樣就不用等著排隊去醫院了，而這臺機器服務的時間每年不到半個月。這些不是她所能干涉的，回到眼下，再過三天就是市政選舉了，圍鶇節明天就要開幕了。

　　在得知她到訪的原因後，市長摘下了浮在鬍鬚上方、半邊包裹著金絲邊的眼鏡。

　　「阿曼達醫生，聽您講述完關於可能到來的流行病，我也像您一樣擔心。不過，它只是一種流行性感冒。」

　　阿曼達把昨天收到的郵件放在市長的桌上。

　　「確切的說，症狀像是流感。目前，我們還沒有找到具體的傳播方式和治療方案。」

　　市長俯身草草看了一眼列印的檔。

　　「我也收到了。提醒醫生潛在的疾病不是很正常的事情

嗎？未知會讓我們恐懼。」

「不，真實情況比現在更嚴重。在義大利，感染人數在兩天之內翻倍。在韓國，每週以二十倍的速度增長。巴黎南郊杭吉斯生鮮批發市場的一棟倉庫也改造成了停屍房。」

「法國每年約有一萬人死於流感，它並不比流感更糟。況且，我們現在是在巴巴萊恩島，不是在武漢、巴黎，也不是在倫敦和紐約。」

「如果它和之前的西班牙流感相提並論呢？」

「你是說，歷史重演？」

阿曼達點點頭。市長把撚這鬍鬚的手放到胸前，說：

「可是現在，島上沒有感染病例。即使疫情發展到第二階段，很多國家也沒有封城。」

「至少，暫停客船和延遲公共活動。」

「延遲選舉帶來的政治無序恐怕比這場流感更可怕。何況大家已經做好了節日的準備，那些提前備好貨的商販怎麼辦？圍鴉節只有不到一周的時間。」

「等到疫情爆發再行動，一切為時已晚。」

「這些都是假設。阿曼達醫生，當年西班牙流感也只是局部封鎖。我們不能和外界中斷，生活還是要繼續的。」

前方黑色雨刷器在眼前左右擺動，就像兩把利劍頂在阿曼達的胸口。「生活還要繼續。」是以何種方式繼續呢？哪怕不惜一切代價？她不要坐以待斃。

48

「不是疫情是否在巴巴萊恩島爆發，而是什麼時間，以何種形式。」阿曼達心如明鏡。

　　電話鈴響了，是來自急診部的同事。菲利普剛剛收到一位病人，高燒、間歇性咳嗽、呼吸困難，他懷疑是新冠患者。阿曼達握緊方向盤，一路加速向醫院奔去。

　　這位病人不是別人，正是她一天前在教堂見過的神父讓．皮埃爾。透過防護鏡，阿曼達驚訝中睜大眼睛。他面色蒼白，雙眼閉合，身體隨著胸部的呼吸上下抽動，對她的到來渾然不覺。阿曼達用紙巾把他額頭的汗水輕輕擦拭，然後把耳式體溫計放在他右側耳廓上方，38.7℃。服用退燒藥後溫度稍稍下降。接著她把床面升高，將聽診器放在他的前胸和後背，當接連不斷的喘鳴聲傳入耳邊的時候，她感覺自己的心跳隨著噪音加快。空氣傳播是目前發現新冠病毒可能發生傳染的主要途徑之一，就在昨天她和信徒一起出現在封閉的教堂內部。如果神父感染新冠，將會有幾百位島民被傳染的可能，包括她自己。阿曼達試圖集中注意力，她需要在最短的時間內做下一步打算。樣本檢測需要十二小時才能出來，菲利普先給神父做鼻腔採樣。雖然她身體尚無症狀，她也為自己作了檢測。之後，她指揮大家把所有接觸的區域快速消毒，並做好接收更多病人的準備。十有八九瘟疫已經來到巴巴萊恩島，讓她覺得更不安的是所需的醫療用品。口罩、酒精、防護服和防護鏡緊缺，一旦出現疫情，

所有的庫存不超過三個星期。

急診室的燈亮了。比伽和先生，他是巴巴萊恩島的郵遞員。嗓子痛，腹瀉，咳嗽，輕微低燒，腹部疼痛。他被家庭醫生送來急診。目前血氧飽和度 89%，留在監護室觀察。不到半天的時間，醫院收到兩位疑似患者。如果繼續下去，醫護人員和床位的數量會同醫療用品一樣出現短缺。

離巴巴萊恩島最近的法國，當天就有 1210 例新增病例，21人死亡。自發現第一例患者不到兩個月的時間，確診人數呈幾何級數增長，共累計 6633 例患者，148 人死亡。可是，到現在也沒有官方封城的消息，雖然在網路傳出巴黎會最先被封鎖。在電視媒體上，被採訪的專家堅持認爲這是流感，並聲稱 98%的患者會治癒，讓大家不要過於恐慌，可是阿曼達保持懷疑。在歐洲疫情最嚴重的義大利，死亡率已經達到了 8%，更別提重症患者。從疫情爆發開始，對媒體發布的資訊她愈加謹慎，哪怕是出自所謂經驗豐富的記者、學者、專家和衛生部官員。在這場史無前例的瘟疫前，任何輕易面對公眾的斷言都是極不負責任的。越是輕視和自負，危機離我們越近。

阿曼達打開辦公室的窗戶，盛夏未至，但初春室內的溫度已讓她感到胸悶。她倚在窗邊，想到自己最艱難的時刻。在任何時候，她的心底角落都會留存一束光，那是信仰。她相信上帝的存在，也正是因爲這束光，這個角落變得越來越寬闊，越

來越堅硬。上帝給了我們指示，而我們做力所能及的事，這是她從自己的過往學到的。十八歲的時候，她的第一個孩子出生。一邊去醫學院學習，一邊照顧繈褓中的孩子。學業還未結束，丈夫因吸食海洛因而盜竊入獄。她曾想過中斷學業，是上帝給了她不被擊垮的力量。而這生命中每一次或大或小的考驗都在她的心中建起一堵堅固的牆，並帶她走出困境。一陣涼爽的風沿著打開的玻璃窗吹過她的臉龐和脖頸。大片雲朵在蔚藍色裡緩慢移動，落日的餘暉為它鑲上了金色的邊。

「血氧飽和度降到 65%！」菲利普沖進辦公室。繼續說到：「意識開始模糊。」

阿曼達來到了比伽和先生前。他腹部貼床，裸露的背部和胳膊纏滿了白色的監測線，心電圖的電波在螢幕上緩慢跳動，血氧飽和度顯示 63%。看著他試圖張合的嘴唇，阿曼達感到比伽和有話要和她講，於是把耳朵靠前。

「我的孩子，妻子……」在恍惚中，他靠著越來越薄弱的氣息輕輕呢喃。他看不到阿曼達的臉。穿著隔離服的阿曼達緊緊握住他的手，深深的看著他的眼睛。

「比伽和先生，我是阿曼達醫生。您會再見到您的孩子和妻子的。不過，在這之前您需要先睡一覺，我們會為您使用呼吸機，它會讓您睡的更好。請相信我，我保證您會再見到他們

的！」

他哀求的眼神中充滿企盼，淚水從眼角滲出。

在這之後，時間成了漫長的等待。比伽和先生於當晚二十點三十五分去世。

白色的一次性紙杯在阿曼達手中被捏成一團，杯底的水透過杯口滲出，浸濕了她的衣袖。站在休息廳的角落，黑色的夜幕讓天花板上兩排明晃晃的白熾燈顯得更加灼眼。一陣刺痛湧向喉嚨，她感到有成群的千足蟲侵入胸口，撕咬她、腐蝕她。阿曼達很少輕易承諾，但偶爾也會破例。就像剛才告訴比伽和先生會再見到自己的家人，那會減少病人的痛苦，帶給他掙扎的希望。儘管有時她知道自己在撒謊，可至少能讓他們的離開不那麼冰冷和絕望。當這樣善意的謊言講多了，帶來的後果按理說也就不那麼在意或者麻木了。可是阿曼達過不了這關，她每次都會自責，而這一次尤是。

貝加莫是義大利受新冠疫情影響最嚴重的城市，每個星期大約有三百人死亡。因為屍體太多，教堂裡只有神父一個人同時為十幾位死者送葬，而家人不能參加。墓地和火葬場不堪重負，軍車也參與其中將屍體拉到附近的城市。阿曼達不知道巴巴萊恩島的疫情是否會像貝加莫那樣嚴重，可獨自一人告別這個世界讓她覺得甚是淒涼。

檢測結果出來了。神父讓‧皮埃爾和比伽和都是陽性。不出阿曼達所料，疫情已經開始在巴巴萊恩島蔓延了。而她僥倖逃過一劫，阿曼達想起自己坐在教堂的最後一排，前面至少三米的距離才有人。可是坐在神父周圍的島民，卻是肩並肩坐著。

　　就在她陷入沉思的時候，急診室的燈又亮了。

發情的貓

　　叢林間鳶尾花爭相吐露出它七色的翅膀，路邊嬌羞的虞美人在春風中搖曳，山谷遍地綴滿了奶白的山茶和金色的報春花。冬日過後一片盎然的生機，似乎在召喚菲路，而菲路也迫不及待地想簇擁這春日的朝氣。在飽含露水的鮮綠草地上翻滾，在午後的陽光裡四腳朝天或閉目養神，整個夜晚不時發出的嗚魯聲叫人不得消停。

　　當確診人數超過二十人，巴巴萊恩島宣布了封城。除了日常補給的船隻，大家在家禁足，一切和陸地的人員往來中斷。按理說菲路比丹尼爾有更多的自由，它可以在任何時候想去哪裡就去哪裡，但是牠並非能如己所願。因為菲路是一隻暹羅貓，而丹尼爾是牠的主人，菲路是否能夠外出活動完全由他來決定。

　　在封島之前有個例外，那就是熱賽樂出現的時候。熱賽樂在市集經營著移動車煎餅店，丹尼爾是她最忠實的顧客。丹尼爾每次不早不晚，準時在她快要打烊時出現在煎餅車前。這時，熱賽樂才有空去撫摸菲路，丹尼爾也能和她有更長的獨處時間。菲路特別黏人，他知道在恰當的時刻向人索取愛意並迅速獲其芳心，加上他有迷人的海藍色杏仁眼睛，白色的身體修長而優

雅，巧克力色的四肢和耳朵更顯尊貴。作爲一隻來自泰國皇室的貓，並不是所有人都能隨心所欲靠近他。菲路喜歡熱賽樂，她散發著女性的溫柔芳香，還有皮膚上淡淡的香甜椰子味。

丹尼爾每次都會點一份加香腸的煎餅和兩個阿卡哈紮，巴西的特色甜品。他知道那個甜品是熱賽樂的最愛，她的父親是巴西人，一次在巴巴萊恩島的旅行中遇到了她的母親，後來他留在了島嶼。這一回丹尼爾多點了一份圍鵐，這是圍鵐節的特色食物。在陸地被人視爲饕餮佳餚的圍鵐，熱賽樂的做法非常簡單，她先把黃油在熱鍋中融化，然後將其用中火煎透大約五分鐘的時間。

丹尼爾回到家中小心翼翼的把圍鵐放在手心，閉上雙眼用鼻子靠近牠，一股嫩滑的香味撲鼻而來。他仿佛看到了熱賽樂金黃色的長髮、粉嫩的皮膚，還有飽含愛意如泉水般溫柔的眼睛。當圍鵐的身體送入他的嘴時，帶著熱度的醇香讓他熱淚盈眶，這種感覺像是熱塞樂帶給他的溫度。他開始細細咀嚼那鮮嫩的背部，當一口緩緩咬下，那黃油熱煎後體內滲出帶著香味的油脂，隨之在他口腔中化開，仿若一匹纖柔的絲綢從上到下輕撫著他的身軀。

每次和熱賽樂在一起的時光，丹尼爾都嘗試瞭解更多關於她的現在和過去，當然他也希望自己能引起她的好奇。隨著見面次數增多，他們的閒聊也越來越深刻，從最開始丹尼爾對於

熱賽樂煎餅的稱讚，以及她為什麼會開煎餅店等不痛不癢的話題，到更加私人的，家中有哪些人，愛看什麼電影，愛讀什麼書，還有喜歡的音樂家。熱賽樂鍾愛舒伯特，他的音樂輕鬆浪漫充滿活力。丹尼爾對貝多芬更加著迷，豐富的戲劇性，悲壯又具激情。丹尼爾覺得熱賽樂已經不能算是簡單的朋友，可他始終沒能向他表示自己的愛意。因為她是一個年輕貌美，還不到二十歲的妙齡少女，而自己則是半頭白髮馬上要進入暮年。他害怕別人的閒言碎語，作為學校的法語老師、教堂的兼職管風琴樂師，他不允許自己的生活出現一丁點差錯。還有一點，他不確定熱賽樂是否像他一樣愛她。就在他猶豫不決時，丹尼爾發現熱賽樂提前為自己準備好了一份香腸煎餅和兩個阿卡哈絮，那意味著她在等待他的到來，她對自己喜歡的東西熟記於心。當丹尼爾把熱騰騰的食物握在手中，他跳動的心似乎要從嘴裡奔出，說不清是感激還是被愛的衝動，有那麼一刻他想說出自己的感受，可最後他還是放棄了念頭。表達愛意對丹尼爾實在太難了，他已記不清上一次戀愛是在什麼時候。

自從巴巴萊恩島封島之後，這份彌足珍貴的自由對於菲路而言也不復存在了。因為市集關閉，丹尼爾見不到熱賽樂，菲路沒有了外出的理由。牠被關在家裡和丹尼爾四目以對，還需要忍耐他越來越暴躁的情緒。雖然牠有讓自己被愛的本領，但是在丹尼爾面前無濟於事。

剛開始丹尼爾認為兩個星期的禁足很快會過去，可是他太

過樂觀。第一個星期就有超過四十人感染，而他們當中三分之二來自陸地。雖然島嶼切斷了外界的聯繫，但沒能阻斷疫情爆發。新冠患者不知道自己在何時、在哪裡感染病毒，除了發燒咳嗽和胸悶常見的症狀外，一些人開始失去嗅覺和味覺，它並非一般流感。大家開始抱怨持續的封城，有人覺得疫情真相不透明，有人覺得防控措施來得太晚，也有人因為不能出門而抗議自由受到限制，還有人質疑戴口罩能否有效預防疫情傳播。

菲路身體蜷成鵝蛋形，臥在沙發的角落，時不時打個盹兒間或搖搖他毛茸茸的尾巴。丹尼爾在一旁目不轉睛的盯著電視，畫面裡人物爭論得面紅耳赤。在這日復一日、喋喋不休中，疫情非但沒有好轉反而感染人數繼續增加。菲路偶爾會因為爭執而突然提高的聲音，本能的睜開一隻眼，電視裡還是同樣的畫面，牠又沒趣兒的瞇上了眼睛。

為了儘快找到解決方法，大家開始將希望和注意力轉到了正在迅速開發的新冠疫苗和藥品上，丹尼爾認為疫苗是讓瘟疫提前結束的曙光，一旦研發出來，自己會爭先在第一批接種，他對現今發達的科學給予了厚望。本已習慣每天坐在電視機前的生活，而現在他更是不落下每一檔能看的重要新聞和電視辯論，生怕錯過每條值得注意的重要資訊，甚至還拿出本子做起了筆記，雖然他並沒來得及思考那些資訊是否經得起推敲。

這種亢奮狀態沒有持續多久，他就開始懈怠了，丹尼爾開

始想念熱賽樂了，因為禁足的時間又要延長兩周。漫無目的等待讓他開始不耐煩，連他最喜歡的一檔美國翻譯版、倉庫掘寶拍賣節目也看得心不在焉。熱賽樂現在在幹什麼？和他一樣坐在電視機旁嗎？和他一樣感到無聊或者想念他嗎？在市集遇到那麼多客人，她會不會感染上病毒？如果會，她是否能夠痊癒呢？有人照顧她嗎？丹尼爾的思緒越陷越深，他感覺身體下沉、渾身疲憊不堪，就連晚上也難以入睡。好不容易進入夢鄉，他感覺自己像從一個空間走進了另一個空間。

　　每次清醒之後，他覺得自己的體力開始慢慢恢復，而這要得益於他晚上做的夢。路的盡頭，一個婀娜的背影出現在樹林倒影裡，隨著樹葉縫隙閃爍的日光，那個背影越來越清晰。紅色三角圍巾隨意而優雅的繫在金色髮髻上，紅白圓點相間的圍裙緊緊裹在她凹凸有致的腰身。她俯身撫摸跑到她腳下的菲路，一手將髮髻邊垂落的碎髮抹向耳邊。那突顯的紅色嘴唇好似兩個圓潤豐滿的櫻桃，輕輕一捏就會汁水四溢。丹尼爾加快腳步向熱賽樂走去，伸手將那紅潤的櫻桃放在唇邊。不經意間，他的手指觸碰到她纖嫩的脖頸，如此清透而柔軟。熱賽樂剛剛抹到耳邊的碎髮又滑落下來，順著髮梢末端他看到了兩個飽滿白嫩的水球，中間是一道凹向深處的溝壑。隨著她擺動的雙臂，那水球在紅色的圍裙裡、縱深的溝壑間緩緩挪動，丹尼爾感到自己聽到了大海的聲音，那球體裡滿是洶湧的波濤聲。羞澀讓他的臉頰發燙且呼吸困難，他閉上眼睛繼續將那大如乾柴的手向下移動。那水球像是一塊發酵剛剛好的卡門貝乾乳酪，輕輕

一碰，滲出晶瑩剔透的乳白色濃漿。他抬起頭，發現熱賽樂向他微笑。丹尼爾像是寒冬裡的一塊冰，被心頭翻滾的熱浪化成了一條綿延的小溪。

突然，丹尼爾覺得脖子又癢又濕，他伸手去摸卻抓到一坨毛茸茸的東西。驚嚇中睜開眼睛，菲路正靠在他身上舔自己的毛。這美好的畫面被菲路打斷，丹尼爾生氣的將他推下了沙發。撞在地板上的菲路翻了個跟斗迅速起身，丹尼爾又在其身上踢了一腳，讓牠從眼前消失。雖然美夢短暫，丹尼爾卻仍舊沉浸在先前的畫面中。他覺得自己很餓，於是從冰箱裡翻出昨天晚飯剩餘的烤馬鈴薯和火腿。只見菲路又出現在餐桌下，柔軟的身子在丹尼爾的腳踝上熱情的蹭來蹭去，仿佛把幾分鐘前丹尼爾對牠的拳打腳踢忘得一乾二淨。可是這次牠的殷勤又沒有奏效，丹尼爾的腳又落在了牠雪白的肚皮上。菲路在餐桌一角的牆壁前委屈的呻吟，丹尼爾繼續吃盤中的食物，對牠的反應視而不見。沒得到愛撫的菲路伏下身子，對著冰冷堅硬的牆壁獨自翻來覆去的打起滾來。

和所有的寵物一樣，菲路需要接受主人所有的一切。牠們衣食無憂，但也要無條件忍受主人暴躁的脾氣。幸運的是，牠們先天擁有快速遺忘的能力，即使被無情冷漠的對待，牠們依然不計前嫌主動靠近主人討其喜愛。也正是因為這種能力，牠們成為了人類最終忠實的夥伴。可遺憾的是，人類在這一點上做得沒有比牠們更好，所以人與人相處起來會變得更為複雜。

與其說是愛本身讓我們寵愛牠們，不如說是我們更需要牠們的不離不棄。事實上，我們需要牠們更勝過牠們需要我們。

這可不是丹尼爾第一次對菲路發脾氣了。處在發情期的菲路表現得比平時更需要愛撫，而牠在室內待的越久就越想出去。週二的清晨，丹尼爾照例把垃圾桶拉到路邊，不過這回他忘記了關門。穿過半掩著門的縫隙，牠平生第一次獨自走出了家門。

馬路上空無一人。菲路並不很習慣，但是牠覺得很自在。偶爾看到幾個帶著狗出來散步和慢跑的人，清潔工將垃圾放入白色卡車的傳送帶，隨著鳴呼一聲灰色的垃圾桶頭頂朝天濁物一瀉而出，然後又被平穩的放在路邊。雖然不是第一次經過這裡，但是菲路卻異常欣喜。馬路隨著梅龍河延伸開來，河岸邊是迎空飛舞的海鷗，牠們在等待獵物，然後一個猛子紮入水中。在路的另一邊矮木叢中鑽出一隻黑色的野豬，這裡離牠平日生活的森林可有幾公里遠。野豬在馬路上橫衝直撞，直到發現路邊的垃圾。牠將頭部埋入傾斜的黑色垃圾桶中，然後狼吞虎嚥起來。

沒有了丹尼爾的催促，它自可大搖大擺的在馬路上行走，亦或駐足停留，也因此看到了更多有趣的東西。穿過木橋來到城市中心的廣場。一個健碩的裸體男人一動不動的站在噴泉中央，只有肩部裹著的半塊布。在他捲髮的頭頂上是一隻四處張望的鴿子。牠的同伴聚集在噴泉周圍發出咕嚕咕嚕的叫聲。菲

路後腳抬起前腳用力蹬地，一個猛撲跳到鴿子中間，然後牠們訓練有素的一起飛走了。天空中飄下一隻灰色的羽毛，像雪花般輕柔的落在鵝卵石的地面，中心廣場變得空蕩蕩的。廣場的旁邊就是市集，這裡是每次丹尼爾帶牠出來散步的盡頭，菲路開始有點不知所措。不過，這種感覺並沒有持續很久。長長的鬍鬚，兩隻短手臂支撐著又滑又軟的棕色身體向前移動，尾部留下一條水的痕跡。平日在海灘曬太陽的海獅居然也來到了城市中心洗起了日光浴。菲路看著正起勁，從草叢裡傳來一陣聲響。那是向牠打招呼的信號，不是來自丹尼爾，而是一個異常激動飽含深情的呼喚。在草叢的四周走來走去，牠聞到一種躁動和興奮的味道。一隻白色的貓從草叢深處走出，目不轉睛的盯著菲路並停在原地。菲路第一眼就被這隻優雅的母貓和那溫婉的聲音迷倒，牠們彼此走近。菲路用頭輕輕碰碰她粉嫩的鼻子，母貓隨即將頭伸向了菲路，發出嬌羞的喵喃聲。然後牠們互相伸出舌頭舔起對方的絨毛，菲路聞到她的尾部散發出一股濃烈的氣味，那是她逐漸張開的陰唇。猛地一下他跳上她的身體，接著尖叫一聲響徹了天際。

丹尼爾有大半天的時間沒看到菲路也沒有聽到牠的聲響，頓時覺得有些奇怪。把電視機的聲音調小，他起身尋找。樓上的閣樓，樓下的所有房間，包括車庫和花園，還有牠最喜歡的煙囪底部，丹尼爾都沒有發現牠的蹤影。他又去問了隔壁的鄰居，鄰居九歲的小女兒整日呆在園子裡，不過她也沒有看到菲路。他開始心慌了。快步去檢查房門，果然有一道縫隙，他想

起自己倒垃圾忘記了鎖門。懊悔自己的疏忽，但是為時已晚。丹尼爾隨手拿起一件外套，出門漫無目的的尋找。「該去哪裡呢？」在岔路口的他喃喃自語。菲路是他和母親之間唯一僅存的回憶。母親在世的時候，丹尼爾和她住在一起，而菲路一直陪伴他們身邊。他還記得母親病逝的前幾天，菲路趴在她的病床前不肯走開。在母親去世後，牠還生了一場大病險些離去。丹尼爾覺得自己愧對菲路，早晨還對他一頓拳腳相加。在發情期的這段時間，他應該更有耐心的去關愛菲路，可是他沒有。在他滿腦的回憶和滿腹的自責中，一個熟悉的身影從岔路口右邊的小徑走來，那是他們一起去市集走的路。「菲路！」丹尼爾高喊。他跑向前去，將牠抱在懷裡。仔細從頭看到尾部，確認牠毫髮無損後，丹尼爾像是撫摸嬰兒般輕撫菲路。

和菲路團聚後的日子過得飛快，在經過了一個月二十八天後的封島，人們又重新獲得了自由。確切的說，是有限的自由。因為餐館、電影院、游泳館這些聚集人群的文化和運動場所都沒有開放，而出入其他公共場所也必須戴口罩，即便是在戶外的市中心。儘管如此，丹尼爾依舊很高興，因為他可以去市集了。出門之前，他換了件前一晚熨好的白色襯衫，領結處繫了一個咖啡色的蝴蝶結。雖然他不知道熱賽樂是否同樣愛慕著他，但是可以確認的是她對他的印象並不壞。對著鏡子，他一遍遍的練習著如何邀請熱賽樂。「只是吃一頓晚餐」他想。他試圖說服那個墨守成規、瞻前顧後的自己，不要再像從前那樣錯過一次次機會，真正的愛情會讓我們更真誠更勇敢。如果不是因為

熱賽樂的出現，如果不是因為這次疫情的分離，他以為會獨自過完平淡無奇的後半生，兩年前甚至為自己買好了葬禮保險。丹尼爾對著鏡子把耳邊一縷沒有來得及染的白髮用剪刀剪掉，看著鏡子裡的自己露出了滿意的笑容。

同樣的時間、同樣的地點，丹尼爾又一次走向熱賽樂的煎餅卡車前。不過站在車裡的是一個年輕男子。他身材健碩，古銅色皮膚，還有一頭精緻的黑色捲髮。丹尼爾開始擔心起來。熱賽樂怎麼沒有來？難道她生病了嗎？這個男人是誰？是他的男朋友嗎？也許是他的家人？他停留在原地。

「菲路，我的小可愛，好久沒有看到你了！」

當丹尼爾再次聽到這熟悉又動人的聲音，他轉身看到了熱賽樂。她單膝跪地，將菲路抱在自己的懷裡，而菲路四腳朝天，盡情享受著這久違的愛的撫摸。他的眼睛和熱賽樂的雙目相對時，她微笑並起身。

「我剛在想你，你就來了，很高興再次見到你。」

丹尼爾有種突如其來的眩暈，還伴著一絲幸福感。熱賽樂的話讓他有點不知所措。

「還是要一份香腸的煎餅和兩個阿卡哈紮嗎？」

丹尼爾點點頭。過了幾秒，「熱賽樂，你還好嗎？」他的提問有些遲緩。

「我很好，你呢？請稍等，這是我的助手，他會為你準備食物。」

熱賽樂看看身後的那位男子。她的回答讓丹尼爾猶豫的心放鬆了下來。這下他鼓足了勇氣，說：

「我可以邀請你……」
「給，親愛的！」

丹尼爾的話還沒有講完，就看到那位年輕的男子出現在熱賽樂身旁，遞給她一瓶礦泉水。

「埃田，我和你說過多少次了，工作的時候請叫我熱賽樂。」熱賽樂紅撲撲的臉蛋上一陣發熱。

「馬上就到中午了，還有兩分鐘打烊。」

丹尼爾感到自己的多餘，此時真不該出現在這裡，想馬上離開。可是，他還要裝作什麼也沒有發生，並坦然自若的等待煎餅香腸。在這極為尷尬的場景中，他眼睜睜的望著鍋裡被熱

油煎的冒煙的香腸，仿若那是自己被燒焦的胸口。他想不起自己是如何離開的。後來回想起他和熱賽樂的對話，她喜歡蕭邦，而他喜歡貝多芬。兩個截然不同的風格，兩人又怎能走在一起呢？他強忍著自己不要再想到熱賽樂。

第二天，菲路被丹尼爾帶到了一個陌生的地方。牠只記得起當時有兩個戴著藍色口罩，穿著白色長袍的人在他臀部紮了一針。當再次醒來時，自己已在丹尼爾的車裡。於疲憊不堪的恍惚中，牠發現自己臀部的毛被剔得精光，還有些隱隱的痛。牠用前爪揉揉眼睛，爬在車窗無精打采的看著窗外的風景。一縷黑煙從瓦爺彼多火山冒出，然後變成一朵薄薄的浮雲飄向遠處。

以上帝的名義

　　不停的咳嗽，文森特感到胸口撕裂的痛，自己的肺快要爆炸了。蒼白的雙手把灰色的棉布床單緊緊抓在掌心，留下兩道深深的褶皺。腦袋在浸滿汗液的枕頭上左右來回搖動似乎在用力擺脫這未知的宿命。眼前僅有的黑色也蕩然無存，取而代之的是空洞的虛無。突然，在那虛無的至深處出現一道白光，耀眼的光斑頃刻間發散開來變成絢麗七彩的光暈。在一陣眩暈中，所有的疼痛消失殆盡，文森特睡著了。

　　萬籟俱寂，一切停滯下來。委曲的長河在廣袤無垠的平原靜靜流淌，海岸線上蜿蜒的峭壁將地平面一分為二，一邊是陸地，一邊是海洋。風來了，它越來越猛烈。文森特伸展的四肢變得僵硬，一股巨大的力量帶他向下牽引，像一塊龐然大石墜入深淵，大地和天空如陀螺般旋轉。

　　「我在哪裡？」

　　文森特問自己。接著他張望周遭，那些黑綠色的東西和他一樣向下墜落，它們有如圓頂的蘑菇漂浮在空中。蘑菇是張開的降落傘，下麵是穿著迷彩服的跳傘兵，他們在進行跳傘訓練。

66

緩過神來的文森特下意識伸手去摸身後的降落傘開關，但降落傘並沒有撐開，接著他又試了幾次，可無濟於事。

還沒有經歷人生的高處，就已跌入了谷底，文森特這樣總結自己的遭遇。他想開始新的職業生涯，儘管多次嘗試，但屢試不鮮。如今獨自走在街頭，他覺得路人都在嘲笑他。最親近的母親在他出事後不久也不再和他往來。而這之前，他們兩人永無休止的爭吵，他抱怨命運的不公，母親嘗試勸慰他，可是他覺得她並不瞭解自己，還總嘮叨著讓他出去工作，不希望他在家裡當閒人。靠著退伍後微薄的撫恤金和每個月的殘疾人生活補貼，文森特離開了家獨自居住。他曾想過去修道院，但在他要成為修士的前一晚得知需要把所有的積蓄交給修道院時，他猶豫了。於是又回到了先前的住所。每日的活動不過是在窗邊吸菸，看著外面人來人往，還有對面呆滯的公寓樓。偶爾他也會有訪客，那是從窗下經過的野狗，它們會在每天下午的時候準時出現，透過窗戶傳來饑餓的犬吠聲。

文森特像往常一樣在窗口點了支駱駝牌手捲菸。抽到一半剛要往水泥窗臺上黑色菸灰缸裡抖菸灰時，他看到雨水淤積處有一隻四腳朝天翅膀在地上打轉的蒼蠅。他想去救它，可是又發現其中一支翅膀已折斷。雖說幫它翻身輕而易舉，可它終究是一隻不能飛翔的蒼蠅，而它的宿命不是在天上飛嗎？文森特深深歎了口氣，眼前這隻垂死的蒼蠅像極了自己，他沒有再理睬它。

「哪一天將是我生命中的最後一日？」

他看著窗外又陷入了沉思。然而，這一天他並沒有等待很久，它如此悄無聲息的到來了。

剩餘的菸頭在拇指和食指中掐滅，他的指甲被過量的菸草熏成了棕黃色。沒有足夠的運動，手背是無力虛脫的暗白。他轉身向沙發走去，餘光中看到有人躺在他的床上。他走進床鋪，菸草的味道越來越烈，還夾雜著潮濕的汗液味。棉被下方是一條裸露的腿，膝蓋的部位有一道凸起的深紅色顯眼傷疤。一雙筋骨暴露的手放在腰部兩側，下麵的床單有被撕扯過的痕跡。棉被上邊露出陌生又熟悉的面孔。高挺的鼻樑，外凸發青的顴骨，向內深陷發黑的眼眶，黑白色的鬍鬚雜亂的貼在下頜。眼前那個骨瘦如柴的人不是別人，正是他自己。他已經有很長時間沒有照鏡子了，或者說他對自己失去了興趣。一股冷風穿過後背，文森特內心發麻，不由的打了個噴嚏。

「怎麼會有兩個我呢？」

文森特不知所措。躺在床上的他像是在睡覺，而站在床前的又是誰呢？他伸手去推那個床上自己的肩膀，可是身體一動不動。然後他摸摸鼻孔，沒有呼吸。驚恐中他收回了手臂，下意識的用左手去夠自己的右手，可是什麼也沒有碰到。也就是

68

說那個床前的自己並不存在，或者說這個肉身是幻想。

「難道我死了嗎？你是，你是我的靈魂？」

文森特試問床前的自己，可是沒有得到回應。

「難道我就以這樣的方式結束自己的生命嗎？」

他看著床上那個孤零零病快快的自己，再回想自己的一事無成的一生，他失落、絕望。可他終究是死了，是嗎？而死亡的恐懼再一次讓他不寒而慄，在這之後會去哪裡？

他的目光落在了床頭。張開的卡其色降落傘落在銀色的五角星上方，這枚他退伍時收到的徽章掛在他床前泛黃的牆壁上。每次看到它會暫忘現在痛苦，想起曾經當跳傘兵的那段時光。從天空的至高點到地平線，那是大自然各種力量的傑作。這一刻萬物盡收眼底，他像是蒼穹中一個微不足道的點，在空氣裡自由自在飄蕩。

就在他被這枚徽章引入沉思時，一聲巨大的噪音從身後傳來。房間裡唯一一扇窗戶的玻璃被一個帶著黃色頭盔，穿著橙色外衣的人用斧頭砸碎了。緊接著是一群身著白色連身服，頭戴口罩和防護鏡的人湧入房間。文森特發現他們並沒有留意到床前的自己，而是將床上僵硬的軀體麻利的放在黑色袋子裡，

呲的一聲拉住鎖鏈。他還沒來得及反應他們是誰的時候，這群人就已帶著他的身體，頭也不回的迅速離開了。又剩下他一個人，和往常一樣。不過這次是自己的魂魄，昔日的小屋裡顯得更是空蕩蕩。同時，他又感到自己很自由，不用再拄著雙拐顯眼的走在路上，再也不會看到別人揶揄的眼神了。

和其他所有的死者一樣，文森特希望有朋友和家人來向他道別，可是他知道這一切是奢望。不過，他決定出席自己的葬禮。

教堂裡潮濕、昏暗，夾雜著陳年濕重的木氣。文森特站在第一排的座椅後。讓・皮埃爾神父走下祭台從志願者手中接過香爐，然後彎下腰身調節手中香爐銀鏈的長度，接著圍著木質靈柩將右手裡的鏈子擺動，繚繞的煙霧裡瀰漫著天澤香的味道。讓・皮埃爾始終用左手支撐在右手臂的下方，這是他出院後第一次出現在教堂。雖然已經康復，但他的四肢不像從前那麼靈活。

文森特靜靜看著神父，聽他念著莊嚴而神聖的禱告詞。雖然自己是虔誠的信徒，但是越聽越感到迷惑，而聖經中描述的天堂對於他遙不可及。

「我終要去向何方？」

他又擔心起來。文森特相信神靈在某個地方，可是這不足以慰藉他此時脆弱和疑惑的心靈。

　　「相信我的人會永生，相信我的語言，你們將會……」，神父回到祭台念著聖詞。
　　「您真的相信人會永生嗎？」文森特不禁脫口而出。

　　神父被這突如其來的聲音打斷，抬頭看看四周。志願者們一動不動的筆直的站在他的周圍，表情莊重而堅定，讓本就靜寂的教堂更加肅穆。

　　「我來這裡不是為了健康，不是為了公平，而是為了疾病和傳教……」神父繼續。
　　「痛苦、疾病、還有死亡……我相信您上帝，可是為什麼信仰讓我的境遇更糟？」文森特低喃念叨。

　　神父又抬起頭，這次他注意到在前排的座椅上有一個黑色的消瘦身影，但是他看不清文森特的面孔。

　　當文森特和神父的眼神相遇，神父的眼神在他身上停留時，他心頭猛然一驚並意識到自己被神父發現，而自己的言語也有可能被聽到。文森特低下了頭。

　　「我的孩子，你看起來在懷疑。」神父對文森特說，但是

文森特保持沉默。「我是來幫助你的」，神父繼續對他說，「上帝，請發慈悲，讓我帶給他智慧。」

「神父，您有親眼看到過上帝嗎？」文森特微微抬起頭。

「上帝不是有形的物體。」

「也就是說您從來沒有看到過他？」

「當人類對物質產生的物象感興趣的時候，關於上帝的問題就不再重要了。遺憾是的是我們只有在身患重病、遭遇痛苦、處於死亡邊緣的時候，才會去思考上帝。生命對於我們來說是偶然的，我們並不知道我們何以為人。大家總是問自己來自哪裡，生命的源頭在何處。可死亡終在某一天到來，而我們能做些什麼？」

「我什麼也不能做。就像被操縱的木偶，繩子的另一端是上帝。當我活著的時候，因為一次跳傘摔斷了左腿，從此再沒有了行動的自由。大家嘲笑我，就連母親也不理解我且百般為難我。雖然我嘗試著改變境遇，但是發現自己無能為力。好了，現在一切結束了。」

「生命是死亡，死亡也是生命。灰心喪氣還有尋找那些無用的東西會讓生命疲憊不堪。那些羞辱你亦或考驗你的事情是為了讓你成為更好的你。」

「不，我感覺並不好，甚至憎恨自己，即便我已經死了。死亡現在對於我來說是一種解脫。」

「生命中你有感到幸福的時刻嗎？」

文森特沒有立即回答神父的提問。

「當我是跳傘兵的時候。」

「為什麼？」

「那是來自宇宙的擁抱。從天而降，一股力量將我抓緊，像是把我放在大自然的搖籃裡，我被呵護、我感到很自由。」

「非常好，你是如何成為跳傘兵的呢？」

「當我滿十八歲的時候學業中斷，可是又不想馬上開始工作，於是我決定先去當兵。也許我可以從那裡學到一些東西，而跳傘對我來說充滿了誘惑力。」

「是你自己的選擇讓你感到幸福。」

「可是，事故的發生被迫退伍，後半生在我的公寓裡獨自度過。」

「能和我講講你的公寓嗎？」

「不大，一間房，不過對於我來說足夠了。裡面有張單人床、一個沙發、一張桌子和一把椅子，還有一個很大的電視機，40 英寸，去年我剛換的。」

神父點點頭。

「早晨起來先把電視機打開，然後照例去窗邊點一支手捲菸。」

文森特想要停止話語，可是神父帶著期盼的眼神認真聽他的訴說。

「當窗臺邊的菸灰缸裡塞滿菸頭的時候，我的一天就快要結束了。」

「你在窗戶邊看到了什麼？」神父問。

73

「雲、行人、汽車。」文森特停頓片刻,「還有雨水,當雨季到來的時候,空氣清新,有青草和大海的香氣,我喜歡那個味道。晚些時候太陽會從雲層後邊出來,瞬間天空晴朗大地回暖。」

　　腦海中的情景讓他想到了窗臺下那隻風雨無阻常來拜訪他的流浪黑狗,長年沒有修剪而被雨淋濕的毛像是被閃電擊過一樣橫七豎八的聳立著。文森特把午餐吃剩下的骨頭盛在塑膠飯盆裡放在窗臺下,然後在旁邊加了一小碗水。他偶爾會去離家不遠處的沙灘,雖不知道這條流浪狗住在哪裡,可每次只要出門,狗就會跟隨在他的身後。前一夜的潮汐漲的很高,沙灘上留下了各式各樣的貝殼。他從海藻堆裡找到一個完好的淡黃色綴著深棕斑點的海螺,來到人群很少經過的石灰岩峭壁下面。雪白的浪花翻打在白色的沙灘上,夾雜著海鹽的空氣讓他感到神清氣爽。他從口袋裡掏出海螺,然後雙手將它握緊放到唇邊。文森特望著大海深處,空靈悠遠的海螺聲也隨之飄向遠方。流浪狗四肢伏地,安靜的坐在他身旁,吐出粉嫩的舌頭東張西望。過了一會,遠處出傳來輪船鳴笛的聲音。一艘白色的遊輪出現在海平面的另一邊。

　　文森特覺得自己很幸運能住在巴巴萊恩島的老城區,並且離海岸不遠。這裡大部分都是原著居民,雖然白天會有遊客到訪,但城中建築風貌基本沒有改變。他想到了房東,一個年輕醜腆的小夥子。來這裡之前,因為沒有工作收入,尋找住所

屢次被拒絕。就在他猶豫是否還要留在巴巴萊恩島的時候，這位小夥子接受了他。在他餘生的後幾年，正是這間巴掌大的屋子為他遮風擋雨，讓他度過雖平淡無奇但安穩清淨的生活。

文森特想問神父自己先前想遠離世俗做修士的經歷，可想到如果上帝不是一個具體的物象，但為什麼修道院會問他要自己所有的積蓄呢？於是欲言又止。「如果一切無相，在塵世亦或修道院是否同樣可以成為修士呢？」。

管風琴微弱的聲音從他身後傳來，漸漸變地醇厚而洪大。那純淨至極的旋律溫暖並安撫著他冰冷的心，即便是遍體鱗傷的靈魂也能在這一此刻遠離塵世得到寧靜。

遲來的會面

在離開阿禾諾家之後，阿蘭總會想到照片裡的親生祖母瑪利亞。這突如其來的消息和記憶中的父親糾纏在一起，他又本能覺得和瑪利亞見面也許會讓他更深的認識父親。阿蘭發現之於祖母瑪利亞這個陌生人而言，他反而更好做決定，因為他們沒有情感上的瓜葛就沒有所謂的恩怨情仇，而同樣的事情發生在至親身上就會不同。事實上越是親近的人越容易傷害對方。

雖然嬰兒時期的阿蘭和瑪利亞擦肩而過，但是他完全沒有她的記憶。去探望祖母前，他想像著祖母和父親之間的過往，而她又是如何狠心不告訴父親真相最終讓兒子埋怨自己的。可當他第一步跨進養老院大門時，這些腦海中所有的問題像被風一樣吹散了。

阿禾諾輕輕一按嵌著碎石的灰色水泥牆壁上的門鈴，門打開了。為了避免老人獨自外出，養老院對所有進出的人都做登記管理。杏色的地磚，奶白的牆壁，金銀花色的半透明紗簾，還有透過落地窗灑入的橙色陽光讓一起看起來溫馨而柔和。阿蘭緊隨阿禾諾身後，他們先來到一層的活動大廳，瑪利亞偶爾會在這裡。在大廳的入口處，一位坐在沙發上穿著老式灰色西

服外衣的婦人看到他們的到來突然起身，然後企盼的眼神裡隨之而來的是大失所望，嘴裡反復嘟囔著：「我在等我的女兒」，接著轉身回到了沙發上。阿蘭不知道她在那裡坐了多久，只見她繼續目光呆滯的盯著出入的大門，空蕩蕩的走廊裡她孤身一人。

在父親去世之後，阿禾諾是唯一到訪瑪利亞的常客。他們沒有在活動大廳看到瑪利亞的身影，於是在盡頭的吧臺點了一杯熱巧克力還有兩瓶歐寒金納牌橙汁。吧臺的工作人員是養老院裡的住戶，老婦人個子不高，淡綠色針織毛衣上搭配白色珍珠項鏈，還有淺棕色的毛料裙使她消瘦的身子看上去輕盈優雅。老婦人轉身離開吧臺去過道後邊的房間裡準備飲料，她的步伐很慢。阿蘭覺得時間在此凝固，除了幾個年輕的護工經過，大廳裡全是上了年紀的老人，周圍彌漫著昏昏沉沉的氣息。一個穿著海藍色毛衣的老年男子靠在座椅上睡著了，身子側傾頭耷拉在右扶手的手臂上，一股白色的透明液體從口中流出。如果他的上身再向前一點馬上就會摔倒了。剛好一位戴著黑色眼鏡的護工經過，輕輕走到他身邊把帶靠背的木質座椅放在了他前面，如果出現意外這把厚實的座椅會支撐住他的身體。當護工離開時，他和阿蘭的眼神碰在了一起，大家朝彼此會意的微笑。

吧臺前方傳來爭吵聲，四個老婦人圍在桌前玩特黑奧米諾牌。其中的一位婦人後悔先前出的牌想要換另外一張，但其她人不同意，僵持許久雙方沒有人想要妥協。在她們身後是一個

穿著白色毛衣銀色短髮的老婦人，獨自坐在靠窗的座椅上，面無表情的盯著天花板自言自語。她的話語聲和旁邊傳來的吵鬧聲相互吆喝，雖然她並不知道她們在說些什麼。一陣輪胎的滾動聲打斷了阿蘭的注意力，他扭頭看向身後，一個高大的男子坐著輪椅從過道經過，因為腿太長不得不像弓箭一樣彎曲起來，他並沒有將手搖動輪胎兩端而是用雙臂支撐在扶手上靠著雙腳前行。鏡框架在鼻尖上，眼睛透過眼鏡上方的空間小心觀察著前進的方向。這時，穿著淡綠色毛衣的老婦人端著裝滿飲料的托盤向他和阿禾諾走來，因為過度用力她本就纖瘦的雙手上露出的青筋更加明顯。阿禾諾將三枚一歐的銀幣放在吧臺上，老婦人又在托盤裡放了三塊瑪德萊娜蛋糕。

瑪利亞的房間半掩著。屋裡光線昏暗，空氣裡有一股厚重的老油味兒。一個身材飽滿，滿頭銀色短髮的老婦人蜷坐在角落的單人沙發上。兩扇落地窗緊緊的關閉，百葉窗簾稍稍打開透進微弱的光。在和瑪利亞打過招呼之後，阿禾諾起身將窗戶打開，房間內外變得明亮清晰起來。窗外是一個大型的開放陽臺，沒有阻隔的水泥地面將這層所有的住戶連在一起。窗臺上整齊的擺放了一排綠色的多肉植物。屋內是一個十平米左右的開間，單人床上放著兩個已露出棉絮有些破舊的布娃娃。牆壁中央是一個藍色的十字架，十字架上受難耶穌帶著金色荊棘頭冠。在他的周圍是父親，母親還有阿蘭的合影。雖然他不記得見過瑪利亞，但是她有自己從小到大的照片。

第一次見面阿蘭和瑪利亞沒有太多交流，他不知道在父親心中，與母親的過節究竟有多深，但是當看到那白皙清澈而慈愛的臉龐時，瑪利亞就像白色的陶瓷聖母像充滿喜悅和寧靜，阿蘭倒是覺得自己打心底開始喜歡她。聽阿禾諾說父親出生後，瑪利亞一直住在這裡，阿蘭覺得有些不可思議甚至有些震驚。如果說因為祖母年少一時輕率有了父親，她不願告訴兒子關於父親的真相有些點鐵石心腸，可是她在這座高牆裡生活了整整六十多年，既沒有和別人一起再度開啓新的生活，也沒離開過這裡。

　　阿蘭轉念又想，這四周高牆又像一面屏障保護她不受外界的干擾和傷害。難能可貴的是，這麼多年過去了，她在同一個地方過著一塵不變生活，阿蘭沒有在他的面容上看到厭倦和麻木，反而是滿目的歡喜和仁慈。

　　阿蘭決定下次獨自拜訪瑪利亞，可是巴巴萊恩島在三天後也開始了封島。因為疫情蔓延，養老院成了最為脆弱的地方。起初是因為一名護工感染，接著有十幾位住戶因患新冠去世。雖在這期間他有見到過瑪利亞，但是養老院規定所有的家屬需要提前預約並且只能隔著窗戶會面。

　　窗戶下面的牆壁很高，阿蘭不得不把頭仰起才能看到屋內發生的一切。如果不是瑪利亞發福的身材和穿著還是最初見面的那間粉色連衣裙，阿蘭差點沒有認出面前戴著口罩的瑪利亞。

她身子靠前沒有完全坐在會客廳裡深棕色的椅子上，而是焦急的東張西望。在藍色口罩的上方，她疲憊的眼神裡比上次見面少了些從容和光澤。阿蘭抬起手臂向瑪利亞揮揮手並說你好，雖然窗戶上面是半打開的，但是她什麼也沒聽到，什麼也沒看到。阿蘭又用拳頭敲敲玻璃，這時瑪麗亞才看到了他。可是她和阿蘭一樣並沒有立即認出對方，眼裡有些許的不安和猶豫。阿蘭意識到自己的口罩，於是把一邊的掛耳繩摘下來，這時瑪利亞才看清了他的面孔，眼神漸漸變得明亮而又溫柔起來。他嘗試著提高聲音和瑪麗亞說話，可是瑪利亞對著阿蘭搖搖頭。然後，她舉起右手觸摸窗戶後面阿蘭的手。不能面對面見到家人，也不能觸碰對方，還有不慎感染病毒突然離去的恐懼，阿蘭擔心起像瑪利亞一樣在這裡獨居的老人。

過了幾個星期，巴巴萊恩島的第一次禁足結束了，阿蘭又來到了養老院。來之前他去藥店做了新冠檢測，只有拿著陰性的報告結果才能進入這裡。或者他有接種疫苗，但目前疫苗優先為六十五歲以上的老人、抵抗力低和有高危感染機率的人群開放。

瑪利亞居住那層樓走廊的左邊是一排大的落地窗。每塊窗戶由鑲著深褐色木質邊框的八塊方形玻璃組合而成，它們鑲嵌在灰色的磚頭牆裡古色古香。落地窗朝西，此時午後的陽光正好。瑪利亞喜歡在這個時候坐在落地窗附近的沙發上曬太陽。她面朝窗外的花園，平靜的看著這座羅馬和哥特式風格並存的

建築。這座花園在養老院一層最中間有二十八個灰白色大理石拱形門四周圍繞，它們同旁邊的高牆由多個半球體穹頂連接在一起形成了一圈半開放式的長廊。抬頭處高聳的尖塔仍保留著昔日的威嚴和肅穆。雪白、淺紫、胭脂紅的繡球花在花園裡爭相開放，遠眺宛若一片花的海洋。白色的聖母瑪利亞雕像矗立在園子中央，她微微低頭將雙手托起像是用愛將這裡撐起。腳下翠綠色草坪和頭頂蔚藍天空使她更加純潔而有力量。聖像面部散發出慈愛的光像是感染了瑪利亞，她的臉上總是泛著淡雅的殷紅。很多進入養老院的老人，因為遠離親人變得暴躁和抑鬱，在短時間內迅速衰老，可這種情況沒有發生在瑪利亞身上。

「讓離開多久了？」瑪利亞問阿蘭，他坐在瑪麗常坐在的橙色沙發上。

「一年五個月了。」

她點點頭看向窗外。雲朵像是輕盈的棉花糖般隨風快速漂移，身後的太陽將它們烤成了焦糖色。

「瑪麗還好嗎？」

「那像是一場戰爭。」

阿蘭疑惑，眉頭緊鎖。

「她死了，在醫院裡。」

「因為什麼？」

「新冠病毒。清晨我被救護者車的警報聲吵醒。天還沒亮，

路燈一直亮著。我走到陽臺，只見門口有很多救護車列隊在路邊！藍色的警報燈不停旋轉，我無法完全睜開眼睛。起先是黃色的擔架，接著是長方形的黑色屍袋，一個接著一個。那些頻繁進出的人穿著像木乃伊的白色連身衣。那個晚上簡直糟透了！」

向內深陷有些發青的眼袋，瑪利亞當晚的恐懼依舊殘留在她的眼神裡。阿蘭想安慰對面的瑪利亞，可是不知從何說起。母親去世的時候他生了一場重病，那時他誰也不想見，只想一個人待著。當處於劇烈的痛苦中時，最終的平復還需要自己。阿蘭決定什麼也不說靜靜坐在瑪利亞旁邊，將手輕輕撫摸她有些僵硬的後背。瑪利亞的目光聚集在了聖母瑪利亞雕像上，眼神逐漸平靜了下來。

阿蘭看著玻璃鏡像中的自己和另一頭的雲彩思緒也隨之遠去。天空很高很遠，大片的雲朵似乎離他很近。有一種衝動促使他想伸手去摸眼前的雲朵，但是他知道他什麼也不會碰到。

阿蘭選擇在倫敦工作是希望遠去可以讓他忘卻過往，可事實上是否真的能遺忘他心知肚明。想到倫敦有什麼讓他留念的呢？獨自在雨後的街道散步，在去往聖保羅教堂的路上夜晚的泰晤士河像一面明鏡，婆娑的路燈星星點點朦朧的映襯在河邊，橫跨兩岸的倫敦橋在水中倒影優雅而輕柔；在周末街頭隨處可見的酒吧裡和陌生人自在的喝酒聊天，喝著他最鍾愛的濃烈的

司濤特和波特啤酒；他在倫敦一家大型保險公司有一份讓他小有成就的工作；讓他花掉幾乎所有積蓄在利物浦街附近購置的高級公寓；還有突然和他聯繫想要和他復合的前女友。阿蘭想這些似乎都不是他心底最不願割捨的東西。在偌大繁華的都市中，他始終覺得自己孤身一人。嘗試著在繁忙的工作中讓自己的生活充實起來，讓他暫時不再想到過去。

阿蘭知道他敏感的內心深處需要穩定，就像他當初選擇的這份職業，在保險公司做銷售這份能夠帶給他安全感的工作。也許正是這種匱乏，他懂得如何說服客戶並在工作中如魚得水。在過去的幾十年裡，他看到越來越多新穎的保險品種，網路聲譽保險、結婚典禮取消保險、貓和狗的健康保險、不幸被外星人從地球帶走的保險等等，通過購買保險試圖減少生活中所有意外發生帶來的損失。可在這背後，物質生活和高新技術的不斷發展並沒有讓我們內心的不安消除或者緩解，反而愈加的焦慮，而這正是保險越來越受歡迎的原因。在尋求萬無一失和規避風險的過程中，大家期待擁有一個更加確定和完美的未來。保險在某種程度上對我們是一種保障，但它最終會讓我們的內心安定嗎？

闊別故鄉多年之後，阿蘭重新喜歡上了這個充滿兒時記憶的島嶼，並不是因為巴巴萊恩島發生了翻天覆地的變化。物事人非而他也不再是孩提時的自己，在經歷了家人的分離和獨自在外的生活後，這次的歸來讓他發現故鄉讓他心底泯滅已久的

光再次被點燃。在倫敦時，童年記憶的畫面總是在他的夢境裡，可他回到島上它們竟然很少出現了。他知道這要歸因於巴巴萊恩島。「為什麼不開始新的生活呢？」阿蘭問自己。

瑪利亞坐在那裡依舊一動不動，阿蘭靜靜看著這位面容平和的老人，自己的親身祖母，如此的安靜、祥和已然在這裡度過了半個世紀。

「讓離開多久了？」，瑪利亞突然轉頭問身邊的阿蘭。
「一年五個月了」，阿蘭再次回答。她若有所思的點點頭。

經歷了幾周的封城和好友瑪麗的去世，瑪利亞的反應有些遲緩了。他突然想起自己給瑪利亞帶了熱巧克力，又從書包裡拿出半個法棍將它掰成兩份把巧克力放在了中間。法棍是他來養老院前從麵包房買來的，還散發著麵粉輕微發酵的酸甜味，絲滑的麵心，香脆的外殼，空氣裡飄著淡淡的木火香氣。

雙重生活

「咚、咚、咚」，一隻周身淺灰，肚皮呈橘色的小鳥用尖銳的紅色短喙鑿打玻璃。羅傑放下畫筆，在他沾滿顏料的圍裙上蹭蹭雙手，然後拿著早已備好的穀粒放在窗前的藍色碟子裡。在羅傑和小鳥之間，相互建立了穩固的默契。碟子是羅傑用礦泉水瓶蓋做的，鐵絲穿過雙側鑽了孔的蓋子繫在窗臺兩邊凸起牆壁的螺絲釘上，而懸空架起的瓶蓋離水泥陽臺面的高度正好是小鳥的身高，這樣牠們輕而易舉就能進食。客廳裡的這扇窗是羅傑家中唯一的窗戶，或者說，是他和外界接觸的僅有媒介。

在恢復自由六個月之後，巴巴萊恩島再次封島了。待在屋裡羅傑並不厭煩，可禁足和囚禁並無兩樣，他討厭被迫的束縛。哪怕是在家裡，雖然房子的四面圍牆為我們遮風擋雨，但是羅傑覺得他會被這磚磚瓦瓦阻擋。於是，在屋內與窗戶等高的牆壁對面，以及窗臺外左右兩側突出的牆面上各貼了一面鏡子。這樣，即便是在家中，也可以看到外面的藍天和空中流動的雲，他的思緒也隨著它們飄向遠處。在看似衝突的地方，羅傑總會找到他能想到最好的解決方式。這種做法也像極了他年輕時的生活，在家庭和多個情人之間保持著某種平衡。

羅傑人生最輝煌的時刻要從他第一次在巴黎辦個人水彩畫展說起，當時他正值壯年。那個冬天很冷，展廳裡沒有暖氣，一個穿著紅色長裙，留著黑色長髮的女孩吸引了羅傑的注意力。她在一幅畫前逗留很久，目不轉睛的出神的盯著畫布。畫的左側是一個女子的半身像，她透過窗戶手撐下巴眺望遠方。畫的右側是窗外另一位女子的背影，正看向窗內的女子。在兩個女子之間是浪漫的粉紅、憂鬱的深綠，還有幾處寶石藍和深棕，顏色隨著空中飛揚的紗簾，在光影中曼妙變化著。女孩覺得畫中的兩位女子仿若自己，而混雜的色彩更像是內心深處的色澤。這種不期而遇的理解，讓她敏感的塵封許久的心在這一刻被看到，女孩瞬間熱淚盈眶。她並不認識這位畫的作者，但正因為如此，生活在兩個空間的人所擁有的共鳴讓她深受感動且發現自己並不孤獨。而這時羅傑就站在女孩的旁邊。當她準備轉身繼續向前走的時候，羅傑開口了。

　　「女士，請問是這幅畫最吸引你的是什麼地方？」

　　女孩被身後羅傑突然冒出高挑的身影嚇了一跳，匆忙中擦乾眼淚。

　　「抱歉，它讓我想到了一些過往。畫中人物的構思和顏色很融合！」

　　「這是她們外化的情感，謝謝妳的稱讚。」

　　「也就是說，您是這幅畫的作者？」

　　羅傑點點頭，什麼也沒說。女孩向後退了一步，再次轉身看向畫布，對他說：「如果加一點紫色和紅色，也許情緒更加有

層次感。」

羅傑沒有馬上作答，女孩的率真和敏感在瞬間打動了他。他覺得眼前穿著紅衣的女孩和這幅畫融合在了一起，她似乎是它的第三個維度，而她們在一起作品才更加完整。

女孩的名字叫朱莉，是巴黎美術學院的一位大學生。在畫展相遇後，羅傑邀請她喝咖啡。朱莉發現他不同於其他的藝術家。羅傑拒絕循規蹈矩，也沒有受過傳統的繪畫訓練，憑著細心的觀察和體驗畫出了自己的風格。他們聊得越來越投機，在接下來的幾天兩人都會見面。在羅傑離開巴黎的最後一個晚上，朱莉受邀來到他的酒店，當晚她沒有離去。

畫展結束後，羅傑回到了巴巴萊恩島。朱莉給他寫了一封告別情書，也預示他第一次婚外情結束。可是，羅傑並沒有至於此。隨著畫作被越來越多的人認可，紐約、柏林、倫敦的策展人紛紛發來邀請，畫展的舉辦也更加頻繁。就像經典小說中的情節，當主人公擁有才華、名譽和些許財富的時候，他的身邊不乏仰慕的追隨者。這樣的事情也同樣發生在羅傑身上，甚至有時會同時有好幾個情人。即便如此，他仍然是妻子的丈夫，孩子的父親。雖然和羅丹的情史有相似之處，有情人一直伴其左右且拒絕和妻子離婚，但是他們的結局卻大不一樣。

羅傑的妻子米海爾並不是不知道丈夫所有的事情，只是她

覺得自己是六個孩子的母親，家中所有的經濟來源要依靠羅傑。如果她選擇離開，她仍會獨自帶著孩子，這和之前並沒有什麼不同，還有一點她深愛著羅傑。於是米海爾選擇隱忍，她覺得終有一天他會疲憊、會回來的。即便有一次，羅傑把情人帶到家中。他說那是他的好友，不過米海爾還是有些懷疑。那位好友在家中度過了整個週末，可女人對情敵有著天生的敏感，米海爾從那個女人看羅傑的眼神中感受到了一切。儘管如此，她還為那個女人做飯，幫她洗衣服。米海爾有些分不清自己做的所有是違心還是心甘情願。雖然曾經在羅傑面前大哭過、同他吵翻天，也試著把自己打扮更加妖嬈，也在深夜喝酒麻痺自己，但失去自我的犧牲並沒有換來任何改變。有時，她覺得自己的想法有些瘋狂，做一些讓他開心的事也許他會更愛她，至少丈夫在生活上還需要他。米海爾在這樣的三角戀的關係裡，於糾結和忍耐中度過十幾年。

然而，米海爾沒想到生活就此改變。平常羅傑最多一連幾天沒有音訊。可這一次，他一個月沒有回家。米海爾的忍耐達到了極限，心底留存的最後一縷愛的火光也將近熄滅。她猛然醒悟，所有關於羅傑的假像不過是幻想，而那所謂的被需要不過是被利用罷了。

「你去哪兒了？」
「朋友家。」
「我們離婚吧！」

「你生氣了？」

「我會照顧孩子，房子賣了吧！」

「你知道我愛你，我們是一家人。」

「明天，我們會離開。」

羅傑一開始沒有應和米海爾，他想那是出於生氣她才這麼說。當他看到放在牆角的幾大箱行李時，他不再堅持。米海爾如此決絕，在這個時候挽留她不是權宜之計，等她出去一些日子氣消了就會回來，那時他們又會和好如初的。可在漫長的等待之後，羅傑沒有等到米海爾歸來。他眼中這種介於家庭和情人之間完美平衡的生活就此結束了。

和羅傑離婚後，米海爾很快就在學校餐廳找到一份工作，而羅傑卻在賣掉房子後不久欠下了巨額債務。這個時候他的畫展開始停滯不前。經紀人催著他出新的畫作，為了讓作品賣出更好的價錢，旁敲側擊的告訴他市場上什麼樣風格的繪畫作品最受歡迎。羅傑對此深惡痛絕，他不願意在沒有靈感的狀態下創作。他明白大家的審美在發生變化，對那些陰沉的、憂鬱的作品趨之若鶩。世界也不再是昨天的世界，藝術之都巴黎也變得擁擠、污染、雜亂，就連電視節目談及色情的、有爭議的話題才有更高的收視率。羅傑很難過，貧窮和寂寞讓他的想像力一度枯竭，當他拿起畫筆，靈感的火光很快就被熄滅。為了生存羅傑想過重操舊業繼續做室內手工裝修，不過他還是咬著牙堅持了下來。

蘸了深棕水彩的筆刷塗抹在畫布的底面，羅傑放下畫筆站在畫架的遠處審視，他眉頭緊鎖冥思許久，最後索性把它靠置角落，放在那些很多沒有畫完的作品的旁邊。現在羅傑退休了，畫畫依舊是他生活重要的一部分，而靈感依然是他想要創作的前提，哪怕在深夜。

　　他獨自住在鄉間農場裡一座十八世紀修葺的灰色石砌別墅的頂部。閣樓在房子的第三層，窗戶正前方是一顆蘋果樹，旁邊還有顆梨樹。它比蘋果樹略高些，因爲吸收更多的陽光，每年的開花季和結果期來的也更早。每到春季，雪白和櫻桃粉色的花朵簇擁在枝頭。當他打開窗戶，淡雅的、純粹的花的芳香撲鼻而來，在一片靜謐中若高若低的蟬鳴聲、小鳥的嘰喳聲，還有不知名蟲兒的低鳴聲如交響樂般悠揚的交融，它們隨著輕柔的風將羅傑擁抱在懷中。那些他想要忘卻的或者記起的過去都不復存在，現在即此刻。

　　羅傑雖不喜歡整日待在家中，但正值春天來臨，禁足並不讓他覺得日子難過。可當進入深秋疫情再次爆發的時候，封島對於他來說簡直是煎熬。他有太多想念的東西了，雨後的森林裡清新濕潤的土壤、從林間小道穿過滿眼五顏六色的樹葉、不經意在樹幹上和草叢裡發現奇異的蘑菇、草場裡趴在地上、搖著尾巴曬太陽的奶牛和綿羊、在海邊人行道上散步時夾雜著海藻味的空氣、巨浪拍打在岩石峭壁上迎面吹來刺骨但讓人鎮靜

的海風。

禁足是對他日常生活的制約，甚至是死亡方式的限制，尤其是像到了他這個年紀的人。他慶幸自己尚未住在養老院，雖然他知道自己會在那裡度過餘生，但至少現在不會像那些與他同齡被視為身體孱弱的老人，被要求接種新冠疫苗。他本能的排斥在自己體內注射不知何物的化學藥品。由於病毒不斷變種，剛上市的疫苗已經不足以抵擋病毒的侵襲，於是為了增加人體免疫力第二劑疫苗已在研製的路上。如果像專家說得那樣，新冠疫苗會像流感一樣每年都會更新，可是新近的兩劑新冠疫苗開發間隔還不到半年的時間。以色列作為最早宣導全民接種新冠疫苗的國家之一，已經開始施行健康通行證了。他也不知道所謂的健康通行證是否會來到巴巴萊恩島上，因為已經有接連幾個國家開始相繼效仿，而以獲得自由為前提讓自己接種，這個理由他實在不能說服自己。倘若不談及瘟疫，每個人的死亡率都是百分之百，而如何死亡和在何時死去應該由自己來選擇。

如今外出都要帶一份親自簽名的原因證明，除了購置基本生活用品、工作、尋醫和探望病人外，自由活動只局限於散步和運動，並且只能在家周圍一公里以內的範圍，還不能超過兩小時。羅傑最近看到一則非常荒唐可笑的新聞：一家人在禁足期間去森林採蘑菇，結果四口人被巡邏的員警發現，一共被罰了五百四十歐元。他看電視的時候不多，如果電視機被打開會設置靜音模式只看畫面和字幕，他覺得畫面的配音實在太吵了。

羅傑沒有感到世界在進步，反而看到在喧囂中更加繁忙而變得狂熱的人類，他們渴望外在的急速改變而忘記了內心的自我探索，那個最好的世界離我們越來越遠了。就像是巴巴萊恩島的變化，總讓他想到《百年孤獨》裡的那個馬孔多小鎮。傑出的作家可以跨越時空準確預言未來，或者說人類在幾十年或者更長的時間裡並沒有更大的改變。也正是如此我們更需要理解和辨別事物的本質，而獨處和思考如今看來是稀缺物的兩樣東西。

隨著年紀增長，記憶的碎片如同電影般在眼前閃現。一些是他故意去尋找，另一些是無意識出現的。羅傑問自己，如果再有機會重新生活，他會是另一種活法嗎？他不知道，不過他不後悔自己的選擇，他承認曾經犯過錯誤，但從始至終忠於內心，並且過去和現在都很享受生活。他又覺得這個設想毫無意義，因為我們無法對沒有發生過的事情做判斷，這個假設實在是一廂情願的徒勞。羅傑想到了兒子佛羅瀚，他是唯一繼承自己藝術天賦的孩子，也是唯一來探望自己的親人。

「你最近有寫新的小說嗎？」

「我想寫一部關於巴巴萊恩島的，但是直到現在我還沒有看到一本完整紀錄島嶼過去和現在歷史的書籍。」

「真正優秀的作品常常是發生在真實歷史背景下的真實故事。」

「明天，我準備去瓦箚彼多火山走走，還有巨石陣。」

「你去拜訪杜邦先生了嗎？」

「啊，還沒有，我忘記了，沒有人比他更瞭解巴巴萊恩島了。」

「我喜歡你帶給我的上一本詩集。」

「詩的靈感來自朗斯夫人家的花園。你的畫呢？」

「進展有些慢。不過上周有一對年輕的夫婦很喜歡我的一幅畫，我很高興是他們買走它。」

「你什麼時候搬去養老院呢？」

「那要看房東什麼時候搬來了。總之，農場有了新的主人。」

兒子佛羅瀚每過幾個月會來看望羅傑，這是他們最近的一次談話。過去羅傑的大部分收入揮霍在他和情人身上，孩子小的時候也沒有花時間照顧他們，盡到做父親的責任。他曾問佛羅瀚是否埋怨過自己，他沒有直面回應。進入晚年的羅傑生活窮困潦倒。佛羅瀚記得父親曾說過祖母在父親還是孩子時，經常用棍棒抽打並朝他大聲吼叫，童年在這樣的環境下成長他理解父親日後的所為。還有，父親一直把他們兄妹五人幼時的合影放在他的錢包裡。

聽了佛羅瀚的話，羅傑一陣哽咽，他沒有直視兒子的眼睛。片刻沉默後，他向佛羅瀚講起那幅剛被那對青年夫婦買走的畫。它是所有作品中他保存最久的一幅畫。上個世紀七十年代他們一家人去法國中部沙爾代度暑假。這幅《沙爾代的風景》畫作是他用色最為明快，風格最為活潑的作品。對羅傑而言，那是此生最難忘的暑假。他馬上要去養老院，搬家需要一筆費用，

又在這時遇到了喜歡它的那對年輕人。畫的歸屬是有它的宿命的，羅傑覺得這是該和他告別的時候了。他親自打包了畫，將它送到夫婦的汽車後備箱裡，目送著他們遠去直到消失在路盡頭。

　　淅瀝的小雨劈裡啪啦的拍打在玻璃和屋簷上，羅傑躺在床上翻來覆去無法入睡。到了後半夜，在清醒和恍惚中，他又想起了深秋的森林，被油綠色青苔覆蓋的鮮嫩而鬆軟的地面，飄在空氣裡的水珠墜在樹葉上、林子裡閃閃發光。再後來，他不知不覺睡著了。

　　第二天早晨，他起了一個大早。匆匆吃了一片麵包，喝了一杯咖啡，羅傑朝著森林的方向走去。

寄居者

　　每個生命都有其存在的使命。就像波蘭天文學家尼古拉・哥白尼在去世的前一天，他撰寫的著作《天體運行論》出版，杜邦先生的祖輩來到巴巴萊恩島也是命運使然。不同於地理大發現時期，有著西班牙皇族支持的哥倫布和麥哲倫登陸新美洲和菲律賓，是爲了掠奪稀有的香料、珠寶和金銀。巴巴萊恩島是幸運的，這裡沒有人類眼中所謂名貴的物品，有的是無比肥沃的土地。島嶼當地的土著也很友善，他們不會粗魯對待新來的移民，更不會將他們當作食物野蠻的燒烤吃掉，反而把新鮮的水果和淡水送給他們。移民從內陸帶來了新的物種，如番茄、土豆、小麥等，還有其他的生存技藝。後來他們開始通婚，土著和移民的差別逐漸減少。在很長的一段時間，巴巴萊恩島和內地沒有頻繁來往的交通，而是限於偶爾的生活物品補給船隻，也正得益於此，大家保留著傳統的島嶼生活。

　　「這裡有大片的紅樹林於梅龍河的河口處，集聚的鳥兒有著藍色的大腳蹼、海邊的岩石上常看到碩大的海龜、沼澤地裡是婀娜的火烈鳥，還有四處可見曾經火山爆發時熔岩和岩渣的地貌……」，在看到傳教士手稿裡描寫的巴巴萊恩島，杜邦先生爺爺的爺爺的爺爺被這裡罕見的生物所吸引，作爲布列塔尼公

國一位小有名氣的動植物學家，他決定和家人定居在這裡。從他來到島嶼的第一天，就搜集所有在島嶼上看到的物種。不過，這裡的生活比他想像中困難一些，因為他需要花大半的時間用在耕種和自給自足上，好在他的後輩從未放棄並延續著他的使命。但是他們也知道要對自己所做的事情適當保密，如果任意將所有的資料公布於眾，紛至遝來的人群很有可能帶給巴巴萊恩島意想不到的破壞。作為杜邦家族最小的繼承人杜邦先生身負重任。

幾個月前，市長先生對杜邦先生語重心長的一番話讓他有所動心。他想為杜邦先生建一座博物館，政府會承擔所有的財政費用包括選址和建館，到時會以杜邦先生家族的姓氏命名，並讓他親自出任館長以及規劃所有展出的物品，但需要他本人同意將所有收藏和研究的珍貴物種展出。杜邦先生心底很願意做這件事，這樣也能吸引更多的人投入研究，但前提條件是物種能夠得到保護。

如何更好的保留巴巴萊恩島上的生物呢？隨著島嶼不斷對外開放，一些植物和動物已經有數量減少甚至絕跡的跡象，杜邦先生感到很無力。隨著疫情到來，市長先生的提議他暫且放在腦後。同時，在他的眼裡有一件更需要注意的事情，而這件事近來甚是困擾他。自從上個月以來，他親眼目睹火山口有黑煙冒出。瓦箚彼多火山上一次爆發是在祖輩剛到巴巴萊恩島前的時候，之後就再也沒有活動過。儘管如此，他還是決定去火

山周圍看個究竟。

　　如花椰菜般隆起的地面，凹陷的狹長山脈再現了當年熔岩流過的痕跡，蕨類植物和黃色青苔密密麻麻布滿了地面，九百年前火山爆發壯觀的景象仍舊歷歷在目。遠處的火山口被大量的玄武岩、浮石、黑曜石覆蓋，仙人掌頑強的穿過岩石的縫隙，那裡還有六十年才開一次花的銀劍菊。一股硫磺的味道越來越重，杜邦先生停下了步伐，他同時感到地面異常的溫度。巨型毛鼠、陸鬣蜥和灰色壁虎從山嶺的石縫裡接連竄出，紛紛繞過他的腳下慌亂的跑向遠處。他快速來到岸邊，拉動引擎飛也似的離開瓦芻彼多火山。站在遊艇的船頭，他最後一次回頭向火山口望去，大片的黑煙再次籠罩火山上方，巨大的雲朵被染成了灰色，像是一個在地殼裡沉睡許久，馬上就要甦醒的怪獸。

　　接下來的幾天，島民們在家中陸續發現了成群的蜈蚣和螞蟻，還有十幾人被從山上下來的矛頭蛇咬死。雖然杜邦先生已經通知相關市政人員要警惕這一現象和潛在火山爆發的可能，但是他們對此抱以懷疑，並認為這是動物行為異常帶來的危險。巴巴萊恩島的疫情剛見好轉，大家就期待著生活返回正軌並將新的計畫提上議程。事實證明，人們更需要生活的連續性而不是尋找真實性。大部分人並沒有注意瓦芻彼多火山的變化更沒有將其放在心上，在少數看到火山爆發的人中，他們要麼一言不發，要麼被另一群人的反駁打消了先前的念頭。杜邦先生的威嚴無法與他的祖輩相提並論，如今大家瞭解外部世界的方式

改變了，正是因為太容易獲取想要的資訊，大家變得不再依賴杜邦先生。

然而在這期間，一位年輕人到訪了杜邦先生的住處。

「杜邦先生，真不容易找到您！」他抬起頭，把手中的船帆放在甲板上。因為潮汐的變化，他會把船停靠在不同的地方。接著他檢查纜繩把磨損的繩索換下。佛朗斯瓦跳到帆船的甲板，幫他拿起另一頭的纜繩。

「您的帆船需要上漆了，船身右側有幾處底漆脫落了，左側船首有一處約十釐米長五毫米深的劃痕也得修復。」

紅樹向空中裸露延伸的樹根相互纏繞，航船稍不注意船身就會受傷。杜邦先生已經很久沒有和帆船一起長途旅行了，雖然他常年住在船裡。

「您看到瓦箚彼多火山冒出的青煙了嗎？」
佛朗斯瓦一邊說話一邊在桅杆上打了個瓶口結。
「已經有兩次了。」
「最近我總是在做噩夢。幾個月前的一天從大海捕魚回來，一隻圍鶲落在我的手上，盯著我的眼睛唱歌遲遲不肯離去。接著對周圍的噪音越來越敏感，我隨即去看了醫生，他說是因為耳鳴，但我覺得事情沒有那麼簡單。接著島上爆發了疫情，然後我妻子被蛇咬傷了。當見到火山口的煙霧時，我的耳鳴更嚴

重了。」

「在巴巴萊恩島古老的土著人眼中，圍鴉被看作是預言鳥。每一次和它們嘗試和人類的接觸，都預示著將會有重大的事情發生。相信你的直覺，就像火山上的動物正在逃離那裡一樣。」

「那會是什麼事情？這也是我來拜訪您的原因。」

「當舊的山巒倒下新的就會出現，地球是一個充滿活力且不斷變化的地方。如果等海嘯和地震到來後，一切就都晚了。我已經通知了最需要知道的人，可是他們不相信。」

「我相信您！」

「請不要相信我，相信你所看到的和正在經歷的。美軍昨天從伊拉克撤軍了，在二十年的戰爭後把那裡又留給了塔利班。命運在你自己的手裡！」

杜邦先生親自送別佛朗斯瓦，當看著他的背影消失的無影無蹤時才回到了船上。坐在甲板座椅上整理行李，他突然覺得臀部一陣疼痛，伸手去摸卻拿到一個長著綠芽的棕色錐形果殼，那是紅樹的種子。他把種子捧在手心仔細端詳。這顆大約十五釐米長，輕約二十克弱小的種子如何在這樣的環境裡生長呢？

在陸地和海洋之間本就不穩固的泥沙混合鬆軟地帶，紅樹不僅要把根紮穩對抗潮汐起落的沖刷，而且要忍受高鹽度和含氯量高的海水。為了給紮根創造更好的條件，它的種子從母樹上吸取養分得以發芽，待發育成熟後再墜落水中。布滿鹽結晶的厚實葉片幫它儲水的同時又利用鹽腺調節鹽的濃度。而成為

參天大樹不是它的目標，根系繁茂是它賴以生存的根本，向下生長的氣根和向上長出的地下根能夠更好的支撐樹體並進行呼吸。對於杜邦先生而言，這些盤根錯節交織在一起，像是在紅樹林上空為他撐起了一把遮陽傘。在與外在環境的適應中，紅樹發展出自己得天獨厚的生物特性。沿著海岸線生長的大片紅樹林像勇士一樣保衛著巴巴萊恩島的居民不受海嘯侵襲，而茂密的樹根和枝幹仿若一個微縮的宇宙。紅樹林下的沉積物裡有著豐富的養料，魚和蝦蟹在這裡生存，它們又吸引來成群的鳥兒在樹裡築巢。然而，紅樹林的生命不會停滯於此，隨著河床的移動，它也會隨之而遷移。

杜邦先生對紅樹林頑強的適應性越來越著迷，他想正因為擁有這種寄居本領它們才能延續後代。在誕生、成長、繁榮、衰落和死亡的輪回中，它們自身與外界不斷的適應。作為胎生植物，它從母體脫落後即使第一次沒有順利紮根，它會隨著海水漂流直到找到最終的目的地，而這個過程最長需要十二個月的等待。

為什麼此刻會有紅樹的種子落在他的帆船上？為何他們以這樣的方式相遇並帶給他如此的靈感？在杜邦先生手掌中的這顆植物已不是普通意義上的紅樹種子，它窮盡一生的力量讓自己適應寄居的環境。他想到了自己，為何心中有萬般的不捨？紅樹種子又何嘗不是一個寄居者呢？朝著河流經過的方向，他在船頭將種子放入水中，只見它直立的身軀輕輕觸碰了一下泥

沙隨即順著水流臥倒向河流的入海口飄去。

重逢

　　自從父母退休後，他們每年一半的時間在巴西，一半的時間在巴巴萊恩島。熱賽樂把裝滿衣物的白色塑膠收衣桶放在草坪上，將米黃色的麻製連衣裙在菜園羊圈旁邊的晾衣鐵絲上撐開，於腰部夾了兩個粉色的防風夾。布料是熱賽樂自己選的，裙子是母親去巴西前一個月在她過二十七歲生日時親手縫製的。一股不知哪來的風吹起潮濕冰涼的衣服拍在熱賽樂的臉頰，她俯身打了個大大的噴嚏，她想母親可能也在此刻想念她了。本準備在疫情緩解時回到島嶼，可父母等來的是更加嚴重的疫情。昨天接到父親的跨洋電話，母親確診冠心病，心臟搭橋手術被安排在三周後。

　　從菜園回到家中，熱賽樂渾身瑟瑟發冷，匆匆添置了一件毛衣開衫，然後坐到桌邊男友埃田的身旁，電腦螢幕在他的眼鏡片上留下閃爍的紫藍色光。通常這時候，熱賽樂會開著麵包車去賣煎餅，可現在已無心顧忌週末的市集了。突然間，她在腦海劃過那個常在收攤前來的中年男子丹尼爾和那隻風情萬種的貓，已經很久沒有再見到他們了，不過這個念頭並沒有持續很久。

「最快什麼時候可以出發？」
「現在一周只有兩個航班，接下來的一個月沒有艙位了。」
「我不能不在她身邊，手術如果出現意外……」
「等下我打電話給旅行社，也許會有多餘的機票。」

熱賽樂又連著打了幾個噴嚏。
「天，我怎麼會在這個時候感冒。」她拿過埃田遞來的紙巾。

巴巴萊恩島沒有直飛巴西的航班，她需要先到巴黎轉乘。幸運的是旅行社還有機票，但因為疫情巴西沒有完全對所有人開放，入境停留即便短暫都需要有完全接種的疫苗證明。和其他大部分的國家一樣，巴西也要求境外的旅客出示健康通行證。可熱賽樂目前只接種過第一劑疫苗，雖然第二劑問世後她思量是否有注射的必要，但現在為了母親她不再猶豫了。

等一切安頓好，已是傍晚時分了。暫時鬆了一口氣的熱賽樂感到喉嚨愈加乾澀、面部撲紅發熱。她喝了一杯檸檬、迷迭香和蜂蜜沖泡的熱水，平日感冒時她都會這麼做，可是到了夜晚身體並不見好轉。一陣疲憊襲來，熱賽樂把自己裹在被子裡呼呼入睡了。這一覺睡得很沉，不知是枕頭捂到了鼻子，還是胸口壓了重物，又覺得夢裡的自己呼吸有些急促。第二天清晨，熱賽樂出現了新的症狀，輕微的嘔吐和不停的咳嗽。於是她拜訪了家庭醫生——朵荷安娜女士。聽完她的病情描述，朵荷安

娜開了去藥店或者化驗室做新冠測試的醫囑。

「怎麼會是新冠呢？我只是想要一些感冒和退燒藥。」熱賽樂有些不快，再過幾天，她需要身體無恙的去探望母親。

「現在所有病人出現類似的症狀，我都會讓他們先去做檢測。」

「昨天上午我去菜園晾衣服穿得太單薄了，應該是著涼了。」

「你知道現在每天有多少人感染嗎？新冠和普通感冒的症狀十分相似，我不能輕易給你診斷結果。如果不是新冠，我會給你需要的藥。」

也許再等一兩天會自己好起來，熱賽樂心想。她後悔去看家庭醫生，又想到坐飛機前還是需要一份陰性報告，於是硬著頭皮做了檢測。結果很快出來了，應和了朵荷安娜醫生的顧慮。可當把測試結果告訴她的時候，朵荷安娜並沒有給她更多的干預治療。為此熱賽樂感到很不安，因為在巴西如果得了新冠，醫生會為患者做全面檢查，比如拍攝胸片，而在這裡醫生只是囑咐她在家裡休息隔離。倘若出現諸如嚴重胸悶、呼吸困難等症狀再打醫院的新冠專線電話。

「您能幫我開阿奇黴素和伊維菌素嗎？」熱賽樂看著處方上寫著多立潘。

「不可以，至少在我這裡不能。」朵荷安娜堅定的回絕。

「可是有些國家已經在使用這兩種藥品。」

「每個醫生都有自己的治療方法，你說的那兩種藥在我這裡不認可。」

幾個來回下來熱賽樂和朵荷安娜的周旋無疾而終。不過，她決定試著去藥店問藥劑師能否通融為自己開這兩種處方藥。

「對不起女士，開處方藥不屬於我的工作範疇。」

「兩周後我得離開這裡去巴西，母親需要手術，我們已經兩年沒有見了。」

「很理解您的處境，可是我本人不能這麼做。」

「父親和我說過在巴西阿奇黴素和伊維菌素的治療效果很好。」

「確實我也聽說這兩種藥物對新冠的治療效果。」

「您還有別的方法嗎？」

「雖然我不能幫您，但是我可以介紹一位醫生。他會為病人開這些藥，很多確診新冠的人專程去他那裡看病，如果你願意的話。」

藥劑師推薦的醫生叫做賽德萊克，人稱大鬍子醫生，因其濃密的須髯可同山羊的鬍鬚相媲美。只是還沒到診所，熱賽樂就被他門口長達幾十米開外的隊伍怔住了。她上前去問排在隊尾的人，確認大家都是找賽德萊克醫生看病，原來口耳相傳大家爭相來到這裡是因為他的藥方治癒了很多新冠患者，並且發

展爲重症和死亡案例很少。大約過了三個小時,熱賽樂終於見到這位大鬍子醫生。會診時間大約十分鐘,在詢問她目前出現的症狀,疾病史和確診前的生活狀況後,他用聽診器聽了她的胸腔。

「不用太擔心,不算嚴重。」
「需要多久能恢復呢?我得去巴西探望母親。」
「如果你按照這個單子來服藥,一個星期到十天就可治癒。」

熱賽樂拿到處方單,上面寫著:
-維他命 D-
-鋅
-維他命 C
-止咳糖漿
-止吐藥
-感冒藥
-阿奇黴素
-伊維菌素

「補充維他命和鋅可以提高免疫力,止咳、止吐和感冒藥暫緩你外在的症狀,不過還是需要伊維菌素和阿奇黴素,它們能從根本上緩解炎症和由此引發的症狀,但注意阿奇黴素屬於抗生素,請謹慎按照劑量和次數服用。」

「是否有在這段時間內不被治癒的風險呢？」

「我們從生下來就會遇到各種風險，多曬太陽，保持好心情，關鍵要激發自愈體系來加強受損細胞基因的自我修復能力。」

熱賽樂剛回到家，收到一封來自旅行社的郵件，兩周後去往聖保羅的班次取消了，如果改簽是二十天後到里約熱內盧的航班，而機票的價格貴了一倍，現如今機票一價難求。他們住在亞馬遜州黑河和索裡芒斯河的交匯處，瑪瑙斯附近的伊塔誇蒂亞拉市，從南部坐飛機到西北部最快也要四個小時，瑪瑙斯到伊塔誇蒂亞拉還需要再轉乘三個多小時的汽車，也就是說最快在母親手術當天到達，這期間還要保證中轉的過程不出現任何差錯，因為法國和巴西之間有不同的入境規定。雖然都要求健康通行證，但是在法國如果患過新冠就可以視為一劑疫苗，可巴西卻不一樣。同樣是進入巴西領空的飛機，國際航班和國內的航班，不同航空公司也有迥異的乘機衛生檔要求。

從疫情爆發第一天，熱賽樂想它幾個月以後就會結束。可一轉眼就是兩個年頭，疫情仍在繼續，和多數人的擔憂甚至抑鬱相比，她有些疲倦甚至麻木了。父母離開之前早已預定回來的機票，可這中間經歷了改簽、短熔，母親現在又患了重病。當務之急是要讓自己儘快康復起來。

鬧劇

　　也許不是因爲這次新冠疫情，拉法爾‧拉庫爾想自己這輩子都不會碰到這麼倒楣的事兒。

　　事情該從何說起呢？這要源於一個和他同名同姓的醫生，就職於巴巴萊恩島蘇菲亞醫院，並且職位頗高，頭銜是副院長。爲什麼在這裡有必要強調他的職業呢？因爲他以自己的特殊身分說了一句頗受爭議的話。巴巴萊恩島也開始施行健康通行證了，可這個決定並沒有得到每個島民的支持。就在這個時候，這位名叫拉法爾‧拉庫爾的醫生接受了《巴巴萊恩人》，島上最權威自主出版日報記者的採訪。他說：「醫療資源已經接近飽和，應該優先治療打過疫苗的人群。如果那些人還是不願去接種，就應該把他們送進監獄，判處三年以上的有期刑期。」沒想到報紙第二天登出，他的觀點隨即掀起軒然大波。隨著健康通行證的施行，沒有打疫苗的人行動自由受到了限制，他們既不能去餐廳吃飯，也不能去圖書館和影院看電影。拉法爾‧拉庫爾的醫生的言論就像火上澆油，讓巴巴萊恩島居民奮力走上街頭抗議，要求政府收回健康通行證的執行，其中也包括已經打過疫苗的人，而他的名字拉法爾‧拉庫爾也成爲了網上的熱搜關鍵字。

可是此人非彼人，在谷歌搜索引擎裡出現最靠前的詞條，是一位叫做拉法爾・拉庫爾的律師，一夜之間，他所在的律師事務所被眾匿名者添加了莫須有的惡語評論示以威脅。拉法爾・拉庫爾的律師覺得這種事情就好比走在街頭，一坨鳥糞正好落在腦袋中央的概率，一生遇到一次都屬偶然。而這樣的事情就是被他碰到了，並且這坨熱乎乎、臭氣熏天的鳥糞還糊在了自己臉上。他實在搞不明白，在《巴巴萊恩人》上發表言論的是一位醫生，而他則是一名律師，雖然兩人的姓和名完全相同，但是義憤填膺的人群似乎並沒有看到這點，或者說來得及關心諸如此類的關鍵細節。總之，那個出言不遜的傢伙需要得到報復亦或懲罰，而他們的憤怒更需要地方宣洩。

　　此刻，理智告訴他第一時間不是為自己辯解，而是儘快做危機公關，首先他得在每條和這位醫生有關的評論下面留言，應該如何回覆他們呢？他找到《巴巴萊恩人》這篇和拉法爾・拉庫爾醫生有關的電子版新聞原文，並把網址複製下來。這樣可以示意留言者再重新仔細閱讀原文，證明並提醒大家文中的拉法爾・拉庫爾和他本人並非一人，同時對他們的情緒予以理解，最後說明如果能夠刪除先前的評論將不勝感激。不過拉法爾・拉庫爾律師在二十四小時內的及時公關並非完全奏效，現在已經過了一個星期，只有零星幾個人刪除評論或者對自己的言行誠懇道歉，而大部分的留言依舊在律師事務所的留言板裡。

如果說自己的經歷實屬偶然，而他新進接受的幾宗案件比自己的遭遇還要滑稽。這些案件都和新冠疫情有關，作爲公共衛生事件，它成爲導火索引發了不少訴訟。一次家庭聚會中，其中一位家屬沒有提前檢測而在第二天出現新冠陽性，自己的丈夫無辜染疫導致重病去世，於是這位寡婦起訴了這位家屬並索要賠償。還有一宗是剛剛結案的，按照法律規定，感染新冠後瑪麗安娜女士需要居家隔離七天不能外出。可是在隔離期間，她聽到門外一陣巨響緊接著一聲慘叫，然後本能的出門探個究竟，發現是一位摩托車司機撞上自家門口的電線杆，身體被車身壓住，生命垂危。瑪麗安娜上前搬走了摩托車，並及時呼叫了急救中心，司機險脫一劫。她怎麼也搞不明白自己的熱心腸卻因爲沒有在隔離期間遵守呆在家中的規定而惹上入獄的刑罰。對此結果她非常不滿而申請重新裁決。拉法爾·拉庫爾也覺得此案有些懲罰過重，至少在救人這件事情上能夠量刑，但最終法院判決罰款兩千五百歐元和三個月的監禁，罰款數額和入獄時間各減少一半。可是，在巴巴萊恩島嶼的隔壁，英格蘭於兩周後準備取消確診者強制隔離的措施，但這項防疫決策並不在每個國家通用。拉法爾·拉庫爾想，如果瑪麗安娜的案件發生在英格蘭，是否會有不一樣的境遇？

　　所有的案件中，最加棘手的還屬大鬍子醫生的，它儼然不是一個簡單的法律訴訟。在疫情期間，他成爲了巴巴萊恩島飽受爭議的明星人物。他爲何是明星呢？因爲大鬍子醫生是島上最有名的傳染病學專家，並在歐洲的該學術領域小有名氣。出

自他手的論文多次在世界頂級科學期刊發表。早在 2003 年就警示日後會有比 SARS 非典還要更嚴重的傳染病，沒想到八年後預言成真。飽受爭議的是，他沒有使用巴巴萊恩島衛生部出的新冠統一治療藥品，卻推出自己特立獨行的診療方案。質疑他的人並非他的患者，而是同樣來自科學領域的學者。為了證明自己的臨床治療結果，大鬍子醫生專門做了取樣分組研究和分析，並發表了一篇學術報告。其實早在報告出來之前，不少醫生就對他使用的藥品提出反對的聲音，而這份報告讓他惹火燒身將自己送至法庭。

原告是一位名叫米歇爾的科學家，他說研究的病人取樣不夠隨機，存在很多偏差，分組用藥對比不夠科學，從而結果也並非像他報告中陳述的那樣準確。大鬍子醫生擅自使用處方權顯然是不顧病人的安危，冒著風險做醫療實驗。於此同時，大鬍子醫生的病人們為他打抱不平，在他的診所外高舉牌子聲稱「保護英雄」。巴巴萊恩島政界的不同黨派間也對他有不同的聲音，有的支持有的反駁，從而他也落入了陰謀論的陷阱中。至今已經過了大半年，法院對大鬍子醫生的審判一直懸而未決。

作為一名律師，拉法爾·拉庫爾嘗試讓自己作為冷靜的旁觀者，中立的看待自疫情發生以來的各種社會事件。就拿疫苗強制令來講，這項決策是出於公眾利益而提出，意在保護每一個公民。為了鼓勵有更多的民眾參與防疫，巴巴萊恩島的政府甚至想出了打疫苗中彩票的主意，五分之一的接種者會贏得高

達八百歐的消費代金券，而且每打一針就有一次中獎機會。沒想到市民的接種覆蓋率短期內提到了二十八個百分點。但同時，對沒有接種的市民予以懲罰，如果從健康通行證實施之日起的三個月拿不出接種證明，將被處以六百歐的罰款，若屢次拒絕接種，最高罰款金額高達三千六百歐。於是，偽造健康通行證的使用更加猖獗。

　　倘若一個市民只是出門去採購生活必需品，在佩戴口罩的情況下沒有和他人親密接觸，是否也需要強制接種呢？如果因為沒有健康通行證，即使見面雙方在做好防護的前提下，也不能去養老院看家人是不是也剝奪了他們的基本權利？在公共健康利益和個人的自由選擇權之間是否產生了衝突？事實上，不僅在巴巴萊恩島，在加拿大、美國和歐洲的一些國家都出現了反對強制疫苗的遊行活動。最初從加拿大開始，因為卡車貨運司機需要有健康通行證才能工作。遊行持續了一個多月，政府情急之下啓動了《緊急狀態法》，將示威的卡車司機的銀行帳戶凍結，並強行搬除擋在道路中間的卡車。而這部頒發於 1988 年的法律，使用前提是加拿大公民生活的某些方面受到嚴重威脅且危急的情況下才能使用。拉法爾‧拉庫爾覺得這中間出了一些問題。包括作為大鬍子的律師，為他出庭辯護。這次瘟疫屬於公共衛生突發事件，而此次的新冠病毒更是在科學領域中第一次碰到，就連推測來源也幾經周折，從最開始的穿山甲、水貂到現在又變成蝙蝠。對於傳播途徑、防疫方法，更是經過一段時間摸索才確定下來。而如今醫學上認證的新冠藥品如韋德

112

西瑞、地塞米松和托珠單抗的效用都非常有限。大鬍子醫生處方的推出也不過一年多的時間，且疫情到現在還沒有結束。

　　一個月後，拉法爾‧拉庫爾從信箱裡收到了兩封印有巴巴萊恩法院字樣的信件。第一封是法院對大鬍子醫生的審判結果，法庭裁決其暫停一年從醫資格。第二封是法院傳票，答辯人是拉法爾‧拉庫爾律師，因為他作為公眾人物在公開的場合對疫苗通行證政策有反駁的煽動言論，有人將他訴至法庭。傳票上寫到：他本人可以不做任何回應，或者在下週五早十點半出現在巴巴萊恩法院。

圍鴯酒吧

在離開杜邦先生家的那個晚上，佛朗斯瓦又做了個奇怪的夢。

這回，夢裡的他不在自己的帆船上，也不在大海裡，更不在巴巴萊恩島。起初，身處一片混沌之中讓他不知所措。他想邁腿前行逃離這裡，可努力只是徒勞，身體根本不聽他的使喚。這時，一顆帶著光環的青褐色球體從身後飛過，接著在遠處出現另一顆旋轉的藍色球體，他似乎在哪裡見過。最終強烈的好奇心戰勝了他內心的恐懼，猶豫中佛朗斯瓦再次嘗試用腳輕觸地面，可他發現那不是堅實的水泥或土壤而是深不見底的漆黑。他下意識間揮動雙臂，沒想到竟然飛了起來，可飛行的速度讓他感到陣陣眩暈，不過眼前目不暇接的景象讓他暫時忘記了身體的不適。

當他看到九顆旋轉的色彩斑斕的球體圍繞著一個閃著光斑的火球呈橢圓形的軌道旋轉的時候，佛朗斯瓦確認自己不再別處正是在太陽系裡，而那顆藍色星球就是地球。可是他又覺得哪裡不對勁，地球繞太陽一圈的時間在他眼中不過一分鐘，一年變成了一分鐘，這裡的時間和空間讓他錯亂。還沒來得及多

想，他又發現在這些高速運轉的星球中，因為速度不同有些每隔一段時間會處於一條直線上，有時它們還會在太陽的同一側。然而，當土星和木星會合在水瓶座星體的時候，地球突然出現了一道火光，佛朗斯瓦的身體像失控般突然被捲入黑色的漩渦，他驚醒了。

　　天還沒有亮，佛朗斯瓦卻再也無法入睡了。房間裡憋悶的空氣讓他感到窒息，他決定穿上衣服去外面透透氣。昨夜暴雨來襲，朦朧的霧氣飄蕩在空氣裡能見度很低。不過一會他覺得眼睫毛上變得濕漉漉，連牛仔外衣都有了些許潮氣。路邊枝頭到處懸著晶瑩剔透水珠的白色蜘蛛網，他為頭一次見到如此的數量感到驚奇。突然臉部一處搔癢，原來是一條細如蠶絲的白線落在了他的身上，那是蜘蛛早先像走鋼絲般從一棵樹跳到另一棵樹的痕跡，被扯斷的細絲在路燈下綿延的飛了起來。巴巴萊恩島的的樹木繁盛，佛朗斯瓦感覺自己像是走進了盤絲洞。他想像著昨晚暴雨剛剛停息、人們正在熟睡的時候，潛伏在暗處的萬千蜘蛛於一夜之間出襲在草坪、樹葉和樹木間撒下了天羅地網，它們期待著躲在低處的獵物待太陽出來的時候自投羅網。雖然他自小住在巴巴萊恩島，但這樣壯觀的畫面還是平生第一次見到，他想這裡還有很多不瞭解和未曾看到的地方。

　　走著走著他來到了合歡樹下，那裡的夜燈尤亮，佛朗斯瓦感到心中一股暖意。樹下是圍鵝酒吧，被暴風吹倒的白色帆布遮陽傘傾斜的靠在旁邊的木質桌椅上。殘枝落葉，還有胭脂紅

色如絨球的合歡花和類似蕨類的落葉散落了一地。酒吧門前，菲利普正在清理散落一地的雜物，佛朗斯瓦向他揮了揮手簡單問候後走進了酒吧。

酒吧裡剛被拖過的黑白相間的大理石地面還沒有完全乾，空蕩蕩的酒吧裡面充斥著電視機的聲音。電視機的旁邊坐著一個肩膀很寬、滿頭銀色捲髮的老人，正低頭看報紙《巴巴萊恩人》。在吧臺的黑色座椅上，身材瘦弱禿頭的男子正在用顫抖的手指捏著一枚硬幣刮彩票，旁邊放著一個白色的咖啡杯。

佛朗斯瓦坐在吧臺的沙發上。他和酒店老闆菲利普兒時就是好朋友，現在也是工作夥伴，菲利普酒吧裡所有海鮮都是從佛朗斯瓦那裡採購的。他想到了杜邦先生昨天和他的談話，即使是他最好的朋友菲利普他也不相信他看到和感受到的，更別說其他人了。雖然佛朗斯瓦心底並不想離開巴巴萊恩島，但他勸自己也許只是一段時間。

自從圍鴉酒吧重新開業以後，島民逐漸感受到日常生活的生氣又回到了昔日的愉快氛圍之中。酒吧在老城的中心區，也是巴巴萊恩島最老且唯一世代相傳的酒吧。酒吧之所以如此悠久並受大家歡迎，也和這裡自釀的啤酒有關。來自瓦箭彼多火山甘甜的泉水，巴巴萊恩島自產的精選小麥和啤酒花，櫸木煙熏過的麥芽，還有從合歡花蜜中提取的野生酵母，在橡木桶中發酵陳釀的啤酒又多了香草和烘焙味。如果住在巴巴萊恩島而

不常來這裡喝啤酒的人絕稱不上是合格的居民。因為總是賓客盈門，圍鴉酒吧也成了島嶼的社交活動中心。誰要結婚、誰剛剛死去、誰家又添丁、今年莊家的收成如何、哪一天是出海捕魚的最佳時間、哪裡開了一家新的餐館、有什麼樣的新影片上映、下一次的選舉誰有獲勝的把握、來島上游客的軼事等等大家無所不談。

當晨曦初現，圍鴉酒吧裡的人漸漸多了起來。佛朗斯瓦淹沒在一片低沉的嘈雜中，沒過一會兒一位男子洪亮的聲音打斷了喧囂。

「下個月二十三號，疫苗強制令取消，健康通行證也改為疫苗通行證了。」

「如果像原來繼續下去，我更願意關掉酒吧，我可不想檢查每個客人是否打了疫苗！」

「不要這麼說菲利普，沒有了酒吧我們白天能去哪裡？」

「大多數的顧客都是我多年的朋友，我可不願這麼做，這是警察的工作！健康通行證、疫苗通行證區別在哪？」

「想想積極的一面，我們至少因為它能出門了。」

「你真這麼認為嗎？路易斯，已經兩年的時間了，我可是受夠了！你看對面的餐館和商店有幾家關門了。說不定幾個月過後又要強制執行了！」

路易斯抽出菲利普手中的報紙，把它闔上放在一邊。

「太陽每天會照常升起，即使昨天下了暴雨。」

「好吧，希望如你所願。」

菲利普無奈的搖著，然後從口袋裡掏出遙控器把電視機的聲音調低了一些。接著他朝吧臺的方向走去並向佛朗斯瓦打了個招呼。佛朗斯瓦坐在角落裡靜靜的聽著大家的談話。

「菲利普的話不是沒有原因的。」

阿禾諾坐在路易斯的旁邊，正把紅色金屬罐裡的碎菸絲拿出來放在撐開的白色菸紙上。他接著說：「在布列塔尼的一家餐廳裡，一位服務員因為要顧客的通行證而遭到了對方的人身攻擊。」

另外一個帶著黑色貝雷帽的男子加入了談話，「如果疫苗真的能抑制病毒，我覺得是有必要的。這樣既能保護自己，也不傳染給別人。但是我現在開始懷疑它的效用，身邊不少完全接種的朋友還是感染了。何況短期和長期的副作用我們還不完全知道。」

路易斯抬高右手搖搖伸出的食指，「接種第一針的時候，我沒有任何的反應，不過第二針打完頭有些痛，過了幾天症狀就沒有了。疫苗是經過歐洲藥品管理局批准的，要相信科學和政府，佛萊德！」

阿禾諾拿起捲菸起身，「我不認為目前的科學發達到可以解

118

決所有的問題，即便是眞理本身也是相對的且有局限性。現在看來，我下周約的第三針可以取消了。」

「身邊很多朋友打疫苗了，大部分沒有出現問題，但是我的同事在注射完疫苗的第二天就去世了，這是上個星期發生的事情。不知道他的死亡是否和疫苗有聯繫，有人說他之前有其他的慢性疾病。我在猶豫是否要打第三針。」說完佛萊德來到了阿禾諾的對面，路易斯就在他的鄰桌。

佛萊德來到阿禾諾的對面坐下，把黑色的貝雷帽房子桌子上。話音一落，在他身後的男子尼古拉開口了：「您有些過於擔心了。我是第一批的感染者，很幸運只是輕微的感冒症狀，胸部有一些憋悶，一個星期之後差不多就康復了。現在醫學很發達，疫苗剛出來我就接種了。你看看醫院裡的重症患者吧，疫苗至少可以減少你不用肺部插管的疼痛。」

「你說的沒錯，至少不用在重症室受罪！明天我就去預約第三劑。」

「佛萊德你是因爲相信疫苗本身，還是因爲害怕而去打呢？」

菲利普拿著裝滿啤酒的托盤從佛萊德身邊走過。佛萊德被他的提問怔住，沒有立即回答。

「不能籠統的說疫苗一定有用或者沒用，要看是哪種病毒變種。」阿禾諾站在門外，吐了一口菸圈。

「那如何解釋打了疫苗依舊會感染的人呢？不到一年的時間就是三針。我可不想做仙人掌。」菲利普把啤酒依次放到客人面前。

「有的人在打了疫苗十五天後就出現症狀，於是說它無效，但這和個人體質、打疫苗前是否就已經感染了新冠都有關係。至於效用的時間確實有待商榷。」

「健康通行證的措施有些極端了，已經對沒有打疫苗的人造成分裂和歧視。在我看來，它就是一種強制，和民主相違背。」

「但是我們有權利，也有義務。現在是特殊時期，要麼接種，你獲得自由，要麼你不接種，你的活動受到限制。這是一種選擇。」路易斯回應。

「對於某些行業，就像我們沒有選擇。給，尼古拉你的酒。在你康復之後你沒有任何後遺症嗎？」

尼古拉轉身接過菲利普手中的啤酒，說：「早晨起來會有一點咳嗽。」隨即把酒杯放在口邊，紅色的嘴唇頓時淹沒在細膩的雪白色泡沫中。待一杯啤酒下肚，他用紙巾擦擦嘴邊因為剛才喝的太快而滲出的啤酒，說「今朝有酒今朝醉！」

阿禾諾身上有股濃烈的煙熏味，他回到先前的位子上。「你們有想過一件事嗎？為什麼瘟疫總是來的猝不及防而又突然消失呢？」

「鼠疫？」

「西班牙流感。」

大家爭相回應。

阿禾諾接著說：「我想說如何能知道其中的真相，且能讓所有的人都能獲取的真相。」

　　「難道真相不在眼前嗎？人類最終適應了病毒。」

　　「可現實世界裡利益是前提，然後才是真相和正義。」

　　「那如果當正義的一方也被賦予了利益呢？」

　　「他們在掩蓋一些事情。因為新冠疫情，復活節停擺可是兩千年來第一次，即使是西班牙流感也沒有這麼做。」

　　「歷史又再重演，我們究竟要吸取多少次教訓才能想到改變？從第一次世界大戰到第二次世界大戰，在這之間民眾對政府的態度和信任急劇轉變，這過了才不到一百年。」

　　「國家靠什麼統治民眾？軍隊，貨幣和媒體。你相信政客嗎？看看他們卸職之後都幹了些什麼！」

　　「你們是陰謀主義者！瘟疫對任何人沒有益處。」

　　「為了長生不老，已經有實驗室在做細胞的基因重組研究了。無論發生什麼我也不會感到驚訝！」

　　路易斯已經沒有心思聽大家的討論了，電視機裡正播放俄羅斯入侵烏克蘭基輔的新聞，他讓菲利普調高音量。大家的對話被這突如而來的戰爭打斷了。不料俄烏斡旋多日，兩國最終還是開戰了。

　　此刻的佛萊德卻有些心不在焉，有件事情正在困擾著他，「說說眼前吧！你們有沒有覺得近來動物的表現很反常？不會有更嚴重的意外發生吧？」

沒等他話講完，尼古拉回答：「是不是疫情讓你過於敏感了，別擔心，疫情總有一天會結束的，意外也不總是會發生的。」

　　「結束？從哪個層面上講？如果你看看歷史，人類總是在和不同的病毒作鬥爭。」阿禾諾說。

　　佛萊德並沒有從大家的回答中聽到想要答案。不過，這時坐在一邊沉默不語的佛朗斯瓦開口了：「你有看到火山口的灰煙嗎？」

　　「有，幾縷青煙。」

　　「它很有可能是火山爆發的前兆。」

　　「上次火山爆發是九百年前的事情了，巴巴萊恩島一直以來很平靜。」

　　「你知道杜邦先生非常瞭解這裡，但是大家不相信他所說的話需要儘早撤離。」

　　「如果這是真的，我們會被安置在哪裡呢？他們可不願勞神這麼做，我也不想離開這裡。」

　　螢幕裡傳來轟隆的響聲和刺耳的尖叫聲，佛雷德的注意力隨即轉向了螢幕。被導彈空襲後的城市留下的是斷壁殘垣，蕭瑟冬日裡得以倖存的枯枝周圍是被炸損的瓦礫碎片，穿著軍裝和便衣的民眾抬著一個金屬擔架穿過這裡。身著淡紫色毛衣、腹部半裸露的孕婦一動不動的躺在綴著黑色圓點的猩紅色床單上，她雙手扶著圓隆的肚皮已奄奄一息。

如霓虹燈般閃爍的畫面於玻璃窗上若隱若現，酒吧外傳來了熟悉的吟唱聲。佛朗斯瓦緩緩把咖啡杯送入口中並轉頭望向窗外。一隻鳥兒在合歡樹殘留玫紅色絨花的枝頭駐足停留。冷卻的咖啡滲入胸口，身後一陣發麻。橙色的身體，橄欖綠的腦袋，深情的歌聲，它又回來了。不過，這次出現的圃鵐不止一隻，它身後的枝幹上有密密麻麻的一群。

國家圖書館出版品預行編目資料

逃離／阿祖著. --初版.--臺中市：白象文化事業
有限公司，2023.10
　　面；　公分
ISBN 978-626-364-104-4（平裝）

857.7　　　　　　　　　　　112013022

逃離

作　　者　阿祖
發 行 人　張輝潭
出版發行　白象文化事業有限公司
　　　　　412台中市大里區科技路1號8樓之2（台中軟體園區）
　　　　　出版專線：（04）2496-5995　　傳真：（04）2496-9901
　　　　　401台中市東區和平街228巷44號（經銷部）
　　　　　購書專線：（04）2220-8589　　傳真：（04）2220-8505
出版編印　林榮威、陳逸儒、黃麗穎、水邊、陳媁婷、李婕、林金郎
設計創意　張禮南、何佳諠
經紀企劃　張輝潭、徐錦淳、林尉儒、張馨方
經銷推廣　李莉吟、莊博亞、劉育姍、林政泓
行銷宣傳　黃姿虹、沈若瑜
營運管理　曾千熏、羅禎琳
印　　刷　百通科技股份有限公司
初版一刷　2023 年 10 月
定　　價　250 元

白象文化　印書小舖　出版・經銷・宣傳・設計
www.ElephantWhite.com.tw　自費出版的領導者　購書 白象文化生活館